Collection folio junior énigmes

dirigée par
Jean-Olivier Héron
et Pierre Marchand

Né en Angleterre, à Edimbourg, le 13 novembre 1850, **Robert Louis Stevenson**, enfant maladif, entreprend de nombreux voyages avec son père. Il fait toutefois de brillantes études — ingénieur, avocat —, mais se consacre ensuite à l'écriture. Commence pour lui une vie d'errance comme pour fuir une maladie trop encombrante, tributaire de ce corps malade qu'il n'arrive pas à oublier. Des images défilent, frénétiques et impérieuses, le contraignant à des migrations toujours nouvelles : la France, l'Allemagne, l'Amérique, les îles Marquises, les îles Gilbert, pour finir enfin ses jours dans l'archipel des Samoas où il meurt d'une crise d'apoplexie, le 3 décembre 1894. Sa tombe sur le pic Vaca domine le Pacifique comme un ultime retour sur un monde sans horizon qu'il n'aurait jamais fini d'arpenter.

Nathaële Vogel naît le 5 avril 1953 à Strasbourg. Depuis sa petite enfance jusqu'à l'âge de vingt ans, elle habite à Boulogne-sur-Mer. Très vite, elle est conquise par la mer, les falaises, les rochers couverts d'algues, l'immensité des plages à marée basse, la musique des tempêtes, des mouettes et de la corne de brume. Elle fait ses études aux beaux-arts de Tourcoing. Elle a illustré plusieurs ouvrages chez divers éditeurs, fait de la bande dessinée dans *Okapi* et des illustrations pour le journal *Le Monde du Dimanche.*

Paul Hogarth est né dans le nord de l'Angleterre. Après des études d'art, il entreprend de nombreux voyages (notamment en France), souvent en compagnie de son ami et collègue, Ronald Searle. Paul Hogarth ne se sépare jamais de son chevalet, aussi ses tableaux sont-ils souvent le reflet de ses périples.

Selon les mois de l'année, il séjourne en Espagne, à New York ou à Londres, son port d'attache.

Ses expositions, ses affiches et les couvertures de livres, dont il a renforcé le succès, lui ont donné une grande notoriété aux Etats-Unis et en Angleterre. Son graphisme, très original, influence beaucoup de jeunes artistes. Les couvertures de Folio Junior Enigmes ont toutes été réalisées par lui, et furent ses premières illustrations pour la jeunesse.

LE DIAMANT DU RAJAH

ROBERT-LOUIS STEVENSON

Traduit de l'anglais
par Théo Varlet
Illustrations de Nathaële Vogel

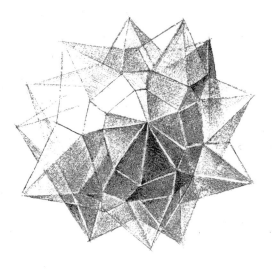

Union Générale d'Éditions

Publié précédemment à Union Générale d'Éditions ISBN 2-264-00030-9

ISBN 2-07-034218-2

Titre original :

The Rajah's Diamond

HISTOIRE
DU CARTON
DE MODISTE

Jusqu'à l'âge de seize ans, dans une école particulière et ensuite dans l'une de ces grandes institutions pour lesquelles l'Angleterre est justement renommée, M. Harry Hartley avait reçu l'éducation habituelle d'un gentleman. A cette époque, il montrait pour l'étude un dégoût singulier et comme le seul parent qui lui restât était à la fois faible et ignorant, il lui fut permis dorénavant de passer son temps à se perfectionner en des arts futiles et de pur agrément. Deux ans plus tard il restait orphelin et presque pauvre. Aussi bien par tempérament que par éducation, Harry était inapte à toutes occupations actives et industrieuses. Il savait chanter des chansons poétiques et s'accompagner convenablement au piano ; il était assez élégant cavalier ; il avait un goût prononcé pour le jeu d'échecs ; et la nature l'avait doué de l'un des physiques les plus attrayants qu'il soit possible d'imaginer. Blond et rose, avec des yeux de colombe et un joli sourire, il avait un air d'aimable douceur et de mélancolie, avec les manières les plus gracieuses et les plus caressantes. Mais, tout compte fait, il n'était pas homme à devenir un foudre de guerre, ni à diriger les conseils de l'État.

Un heureux hasard et quelques protections lui obtinrent, à l'époque de son dénuement, la place de secrétaire particulier auprès du major général sir Thomas Vandeleur. Sir Thomas était un homme de soixante ans, au verbe haut, impérieux et brouillon. Pour une certaine raison, un service dont la nature avait fait l'objet de maints racontars et de démentis réitérés, le rajah de Kashgar avait fait cadeau à cet officier d'un diamant qui passait pour le sixième du monde. Ce don métamorphosa le général Vandeleur d'un pauvre homme en un riche, d'un soldat obscur et impopulaire en l'une des célébrités de la société de Londres ; le possesseur du diamant du rajah fut accueilli dans les mondes les plus fermés ; et il rencontra une dame jeune, belle et de haute naissance, qui consentit à appeler sien le diamant, même au prix d'un mariage avec sir Thomas Vandeleur. On disait couramment à l'époque que, comme les semblables se recherchent, un joyau avait attiré l'autre. A coup sûr lady Vandeleur était non seulement de sa personne une gemme de la plus belle eau, mais elle paraissait dans le monde sertie des plus coûteuses toilettes, et maintes compétences respectables voyaient en elle l'une des trois ou quatre femmes d'Angleterre les mieux habillées.

Les fonctions de Harry comme secrétaire n'étaient pas extraordinairement pénibles ; mais il détestait tout travail prolongé ; il était peiné de se tacher les doigts d'encre ; et les charmes et les toilettes de lady Vandeleur l'attiraient souvent de la bibliothèque dans le boudoir. Il avait les plus jolies façons avec les femmes, savait parler modes avec enjouement, et son plus grand bonheur était de critiquer la nuance d'un ruban, ou de courir faire une commission chez la modiste. Bref, la correspondance de sir Thomas restait impitoyablement en retard, et milady avait une femme de chambre de plus.

A la fin le général, qui était un militaire des moins endurants, sortit de ses gonds, et dans un violent accès de colère, avisa le secrétaire qu'il n'avait plus besoin de ses services, en appuyant sa déclaration de l'un de ces gestes démonstratifs qui sont très rarement usités entre gentlemen. Comme la porte était par malheur ouverte, M. Hartley descendit les escaliers la tête la première.

Il se releva un peu meurtri, et profondément navré. L'existence lui convenait tout à fait, dans la maison du général ; il vivait, sur un pied plus ou moins ambigu, en la plus aimable société ; il travaillait peu, mangeait du meilleur, et goûtait une tiède béatitude en la présence de lady Vandeleur, qu'il appelait, en son for intérieur, d'un nom plus chaleureux.

Aussitôt après avoir reçu l'outrage de la botte militaire, il courut au boudoir et raconta ses chagrins.

— Vous savez très bien, mon cher Harry, lui répliqua lady Vandeleur (car elle l'appelait par son petit nom comme un enfant ou un domestique), vous savez très bien que vous ne faites jamais rien de ce que vous dit le général. Moi non plus, me direz-vous. Mais ce n'est pas la même chose. Une femme habile peut obtenir son pardon pour toute une année de désobéissance grâce à une unique soumission ; et en outre on n'est pas marié à son secrétaire particulier. Je serai au regret de vous perdre ; mais puisque vous ne pouvez rester plus longtemps dans une maison où l'on vous a insulté, je vous dirai adieu, et je vous promets que le général se repentira de sa conduite.

La mine de Harry s'allongea ; les larmes lui vinrent aux yeux, et il considéra lady Vandeleur avec un tendre reproche.

— Milady, lui dit-il, qu'importe une insulte ? J'estimerais bien peu celui qui ne saurait les pardonner à la douzaine. Mais quitter ses amis, déchirer les liens de l'affection...

Il ne put continuer ; l'émotion l'étouffait et il fondit en pleurs.

Lady Vandeleur le considéra d'un air singulier.

« Ce petit nigaud, songea-t-elle, se figure qu'il est amoureux de moi. Pourquoi ne deviendrait-il pas mon domestique au lieu de l'être du général ? Il est de bonne composition, obligeant, et il comprend la toilette, en outre cela le mettra à l'abri du malheur. Il est réellement trop gentil pour rester libre. »

Ce soir-là elle persuada le général, qui était déjà un peu honteux de sa vivacité ; et Harry fut transféré au service féminin, où il mena une vie quasi parasidiaque. Toujours habillé avec une élégance rare, il portait des fleurs exquises à la boutonnière, et savait entretenir une visiteuse avec tact et amabilité. Il était fier de son esclavage auprès d'une belle dame, recevait les ordres de lady Vandeleur comme autant de marques de faveur, et prenait plaisir à s'exhiber devant d'autres hommes, qui le raillaient et le méprisaient, dans son rôle de soubrette mâle et d'homme-modiste. Du point de vue moral également, il estimait beaucoup son existence. La méchanceté lui paraissait un attribut essentiellement viril, et passer ses jours avec une femme délicieuse, à s'occuper surtout de chiffons, c'était pour lui vivre dans une île enchantée au milieu des orages de l'existence.

Un beau matin il entra au salon et se mit à ranger des musiques sur le dessus du piano. Lady Vandeleur, à l'autre bout de la pièce, parlait assez vivement avec son frère, Charlie Pendragon, jeune homme d'un certain âge, très abîmé par la débauche, et qui boitait fortement d'un pied. Le secrétaire particulier, dont ils négligeaient la présence, ne put éviter de surprendre une partie de la conversation.

— Aujourd'hui ou jamais, disait la dame. Une fois pour toutes, ce sera fait aujourd'hui.

— Aujourd'hui, soit, s'il le faut, repartit le frère avec un soupir. Mais c'est une fausse démarche, une démarche ruineuse, Clara ; et toute notre vie nous nous en repentirons amèrement.

Lady Vandeleur regarda son frère en face, fixement et d'un air énigmatique.

— Vous oubliez, lui dit-elle, que cet homme finira bien par mourir.

— Ma parole, Clara, dit Pendragon, vous êtes à coup sûr la plus insensible coquine d'Angleterre.

— Vous autres hommes, répliqua-t-elle, vous êtes si grossièrement constitués, que vous ne savez pas distinguer les nuances des paroles. Vous êtes vous-mêmes rapaces, violents, impudiques, dédaigneux de la finesse, et pourtant le moindre souci de l'avenir vous scandalise chez une femme. Cette niaiserie m'impatiente. Vous jugeriez méprisable chez un vulgaire banquier l'imbécillité que vous espérez trouver en nous.

— Vous avez sans doute raison, répliqua son frère ; vous avez toujours été plus intelligente que moi. Et d'ailleurs, vous connaissez ma devise : « La famille avant tout ! »

— Oui, Charlie, répliqua-t-elle, lui prenant la main entre les siennes. Et Clara avant la famille ! N'est-ce pas la seconde partie de la devise ? Vrai, vous êtes le meilleur des frères, et je vous aime de tout mon cœur.

M. Pendragon se leva, l'air un peu confus de ces épanchements familiaux.

— Je préférerais qu'on ne me voie pas. Je connais mon rôle à merveille, et je tiendrai à l'œil le Chat familier.

— Oui, reprit-elle. C'est une ignoble créature, et qui pourrait tout perdre.

Du bout des doigts elle lui envoya un gracieux baiser, et le frère s'en alla par le boudoir et l'escalier de service.

— Harry, dit lady Vandeleur, se tournant vers le secrétaire aussitôt qu'ils furent seuls. J'ai une commission pour vous ce matin. Mais vous prendrez un cab, je ne veux pas que mon secrétaire s'abîme le teint.

Elle appuya sur les derniers mots avec un regard de fierté quasi maternelle qui donna beaucoup de joie au pauvre Harry ; et il se déclara charmé de trouver une occasion de lui être utile.

— C'est encore un de nos grands secrets, continua-t-elle avec espièglerie, et personne ne doit le connaître que mon secrétaire et moi. Car sir Thomas ferait le tapage le plus affreux ; et si vous saviez comme ces scènes m'excèdent ! Oh ! Harry, Harry, pouvez-vous m'expliquer ce qui rend les hommes si violents et injustes ? Mais non, je sais que vous ne le pouvez pas ! Vous êtes le seul homme du monde qui ignore ces honteuses passions ; mais vous êtes si bon, Harry, et si obligeant ; vous, du moins, vous pouvez être l'ami d'une femme ; et, savez-vous bien, je crois que par comparaison vous rendez les autres encore plus vilains.

— C'est vous, dit galamment Harry, vous qui

êtes si bonne pour moi. Vous me traitez comme...

— Comme une mère, interrompit lady Vandeleur : je tâche d'être une mère pour vous. Ou du moins, se reprit-elle avec un sourire, presque une mère. Je suis trop jeune, j'en ai peur, pour être vraiment votre mère. Disons une amie... une tendre amie.

Elle se tut, assez longtemps pour que ses paroles fissent leur effet sur la corde sentimentale de Harry, mais pas assez longtemps pour lui permettre de répliquer.

— Mais tout ceci, reprit-elle, est hors de propos. Vous trouverez dans la partie gauche de la garde-robe de chêne un carton de modiste : il est sous la jupe rose que j'ai mise mercredi avec mon chapeau Mechlin. Vous le porterez immédiatement à cette adresse (et elle lui remit un papier), mais gardez-vous, sous aucun prétexte, de vous en dessaisir avant qu'on vous ait remis un reçu signé de moi-même. M'avez-vous comprise ? Répondez, s'il vous plaît, répondez ! C'est extrêmement important, et je vous prie de faire un peu attention.

Harry la tranquillisa en lui répétant ses instructions mot pour mot. Elle était sur le point de lui en dire davantage, quand le général fit irruption dans la pièce, cramoisi de colère, et tenant à la main une facture de modiste longue et détaillée.

— Voulez-vous jeter un coup d'œil sur ceci, madame ? s'écria-t-il. Voulez-vous avoir la bonté de regarder ce document ? Je sais fort bien que vous m'avez épousé pour mon argent, et j'espère que je puis faire autant de concessions que n'importe qui dans l'armée ; mais aussi sûr que Dieu m'a créé, je veux mettre un terme à cette prodigalité éhontée.

— Monsieur Hartley ? dit lady Vandeleur. Je

pense que vous avez compris ce que vous avez à faire. Puis-je vous demander de vous en occuper tout de suite ?

— Halte ! intima le général, s'adressant à Harry. Ne partez pas : un mot d'abord.

Puis se tournant de nouveau vers lady Vandeleur :

— Quelle commission avez-vous donnée à cet inestimable garçon ? Je ne me fie pas plus à lui qu'à vous-même, permettez-moi de vous le dire. S'il avait le moindre rudiment de conscience, il répugnerait à rester dans cette maison ; et ce qu'il fait pour ses appointements, c'est un mystère pour tout le monde. Quelle est cette commission, madame ? et pourquoi vous pressez-vous tellement de le faire sortir ?

— Je croyais que vous aviez quelque chose à me dire en particulier, répliqua milady.

— Vous parliez d'une commission, réitéra le général. Ne cherchez pas à me leurrer, dans mon humeur actuelle. Je ne me trompe pas, vous avez parlé d'une commission.

— Puisque vous tenez à mettre vos serviteurs au courant de nos humiliantes dissensions, repartit lady Vandeleur, voulez-vous que je prie M. Hartley de s'asseoir ? Non ?... Alors vous pouvez aller, monsieur Hartley. J'espère que vous vous rappellerez tout ce que vous avez entendu dans cette pièce ; cela pourra vous servir.

Harry s'empressa de décamper du salon ; et tout en grimpant les escaliers il put entendre le général hausser la voix sur un ton déclamatoire, et le timbre flûté de lady Vandeleur qui lançait à tout coup des réparties glaciales. Comme il admirait cordialement cette femme ! Avec quelle adresse elle esquivait les questions embarrassantes ! Avec quelle assurance effrontée elle répétait ses instructions jusque sous le feu de l'ennemi ! Et, d'autre part, comme il détestait le mari !

Il n'y avait rien eu pour lui d'insolite dans les événements de la matinée, car il était sans cesse accoutumé à remplir pour lady Vandeleur des missions secrètes, principalement relatives aux articles de modes. Il savait fort bien qu'il y avait un cadavre dans la maison. Les dépenses inouïes et les dettes inconnues de l'épouse avaient depuis longtemps englouti sa fortune à elle, et menaçaient de jour en jour d'engouffrer celle du mari. Une ou deux fois par an, la ruine et le déshonneur semblaient imminents, et Harry ne cessait de trotter de tous côtés chez toute sorte de fournisseurs, en racontant de petits mensonges et payant de petites avances sur la somme principale, jusqu'à ce qu'un autre terme fût écoulé et que milady respirât de nouveau ainsi que son fidèle secrétaire. Car Harry, pour une double raison, était cœur et âme de ce parti de la guerre ; non seulement il adorait lady Vandeleur et craignait et détestait son mari, mais il sympathisait spontanément avec l'amour des chiffons, et son unique grosse dépense à lui-même était chez le tailleur.

Il trouva le carton de modiste à la place indiquée, arrangea sa toilette avec soin, et quitta la maison par un soleil splendide. Le trajet qu'il avait à parcourir était considérable, et il se ressouvint avec ennui que la soudaine irruption du général avait empêché lady Vandeleur de lui donner de l'argent pour prendre un cab. Par cette journée radieuse, il avait toute chance de s'abîmer gravement le teint ; et traverser à pied une si grande partie de Londres avec un carton de modiste au bras était une humiliation quasi intolérable pour un jeune homme de son espèce. Il fit halte et se consulta. Les Vandeleur habitaient à Eaton Place ; sa destination à lui était proche de Nottinghill ; donc, il pouvait traverser le parc tout en se tenant bien à découvert et en évitant les allées fréquentées ; de plus, il songea qu'il était encore relativement tôt, et il en remercia son étoile. Impatient d'être libéré de son fardeau, il marchait un peu plus vite qu'à son ordinaire, et il était déjà assez loin dans les jardins de Kensington, quand dans un lieu solitaire, parmi les arbres, il se trouva nez à nez avec le général.

— Je vous demande pardon, sir Thomas, prononça Harry, en se reculant poliment de côté car l'autre s'était arrêté en plein dans son chemin.

— Où allez-vous, monsieur ? demanda le général.

— Je fais un petit tour dans le bois, répondit le secrétaire.

Le général tapota de sa canne le carton de modiste.

— Avec cet objet ? s'écria-t-il. Vous mentez, monsieur ; vous mentez effrontément.

— En vérité, sir Thomas, répliqua Harry, je ne suis pas accoutumé à ce qu'on me questionne sur ce ton.

— C'est que vous ne comprenez pas votre situation, dit le général. Vous êtes mon domestique, et un domestique sur lequel j'ai conçu les plus graves soupçons. Est-ce que je sais si votre carton n'est pas plein d'argenterie ?

— Il contient un chapeau haut-de-forme appartenant à un de mes amis, déclara l'autre.

— Fort bien, reprit le général Vandeleur. Alors, je veux voir le chapeau haut-de-forme de votre ami. J'ai, ajouta-t-il sarcastiquement, une curiosité singulière pour les chapeaux ; et vous savez, je crois que je suis quelque peu obstiné.

— Je vous demande pardon, sir Thomas, je regrette infiniment, s'excusa Harry ; mais vraiment, il s'agit ici d'une affaire privée.

D'une main, le général l'attrapa brutalement par l'épaule, tandis que de l'autre il levait sa canne de la façon la plus menaçante. Harry se crut perdu ; mais au même instant le Ciel envoya un défenseur inattendu en la personne de Charlie Pendragon, qui s'avança alors derrière les arbres.

— Allons, allons, général, retenez votre main, dit-il. Cela manque de courtoisie et de dignité.

— Ha ! ha ! s'écria le général en faisant face au nouvel adversaire. Monsieur Pendragon ! Et vous figurez-vous, monsieur Pendragon, que parce que j'ai eu le malheur d'épouser votre sœur, je vais me laisser intimider et brimer par un débauché et un banqueroutier perdu d'honneur comme vous ? D'avoir fait connaissance avec lady Vandeleur, monsieur, cela m'a enlevé tout désir de fréquenter les autres membres de sa famille.

— Et vous figurez-vous, général Vandeleur, riposta Charlie, que parce que ma sœur a eu le malheur de vous épouser, elle a par le fait même renoncé à ses droits et privilèges de lady ? Je reconnais, monsieur, que par cette action elle en a fait autant qu'il est possible pour déroger à sa condition ; mais pour moi elle est toujours une Pendragon. Je fais mon affaire de la protéger contre vos indignes outrages, et fussiez-vous dix fois son mari, je ne permettrai pas que l'on porte atteinte à sa liberté ni que l'on arrête par la violence ses messagers particuliers.

— Comment cela se fait-il, monsieur Hartley ? interrogea le général. Monsieur Pendragon est de

mon avis, dirait-on. Lui aussi soupçonne que lady Vandeleur a quelque chose à voir avec le chapeau haut-de-forme de votre ami.

Charlie comprit qu'il avait commis une gaffe impardonnable, et se hâta de la réparer.

— Comment, monsieur ! s'écria-t-il. Je soupçonne, dites-vous ? Je ne soupçonne rien du tout. Mais quand je vois qu'on abuse de la force et qu'un homme brutalise les inférieurs, je prends la liberté d'intervenir.

En disant ces mots, il fit un signe à Harry ; mais ce dernier était trop obtus ou trop troublé pour comprendre.

— De quelle façon dois-je interpréter votre attitude, monsieur ? demanda Vandeleur.

— Hé, monsieur, comme il vous plaira, riposta Pendragon.

A nouveau, le général leva sa canne et tenta de l'abattre sur la tête de Charlie, mais ce dernier, oubliant sa jambe boiteuse, para le coup avec son parapluie, et s'élançant, se colleta aussitôt avec son redoutable adversaire.

— Courez, Harry ! s'écria-t-il. Courez donc, andouille !

Harry demeura un instant pétrifié, à contempler les deux hommes qui oscillaient à la fois, dans un farouche enlacement ; puis il se détourna et prit ses jambes à son cou. Quand il jeta un regard par-dessus son épaule, il vit le général renversé sous le genou de Charlie, mais faisant encore des efforts désespérés pour renverser la situation. Les jardins semblaient s'être emplis de foule, qui accourait de toutes parts vers le lieu du combat. Ce spectacle donna des ailes au secrétaire, et il ne ralentit pas avant d'avoir gagné Bayswater Road et plongé au hasard dans une petite rue déserte.

Voir deux gentlemen de sa connaissance se colleter aussi brutalement était profondément choquant pour Harry. Il souhaitait surtout mettre une aussi grande distance que possible entre le général Vandeleur et lui-même ; et dans son effort pour y parvenir, il ne songea plus du tout à sa destination, et fonça devant lui, tremblant et tête baissée. Quand il se rappela que lady Vandeleur était la femme de l'un de ces gladiateurs et la sœur de l'autre, il fut ému de pitié envers une femme si déplorablement déplacée dans la vie. Même, à la lumière de ces violents incidents, sa propre situation dans la maison du général ne lui semblait plus tout à fait aussi plaisante qu'à l'ordinaire.

Il avait parcouru quelque distance, occupé de ces méditations, lorsqu'une légère collision avec un autre passant le fit ressouvenir du carton qu'il portait à son bras.

— Ciel ! s'écria-t-il. Où avais-je la tête ? et où me suis-je égaré ?

Là-dessus, il consulta l'enveloppe que lady Vandeleur lui avait remise. L'adresse s'y trouvait, mais pas le nom. Harry devait demander simplement « le gentleman qui attendait un colis de lady Vandeleur » et, s'il n'était pas chez lui, attendre son retour. Le gentleman, ajoutait le billet, donnerait un reçu libellé par milady elle-même. Tout ceci semblait puissamment mystérieux. Harry s'étonnait surtout de l'omission du nom et de la formalité du reçu. Ce dernier point ne l'avait guère frappé lorsqu'il l'avait entendu mentionner oralement ; mais en le lisant de sang-froid et le rapprochant des autres détails singuliers, il finit par se convaincre qu'il était engagé dans une périlleuse aventure. Durant un court instant il douta de lady Vandeleur elle-même ; car il trouvait ces louches procédés assez indignes d'une si haute dame, et il s'indignait encore plus de la voir garder ses secrets même vis-à-vis de lui. Mais l'empire qu'elle exerçait sur son esprit était si absolu qu'il chassa ses soupçons, et se blâma nettement de les avoir même conçus.

Sur un point, toutefois, son devoir et son intérêt, sa générosité et ses terreurs coïncidaient : à savoir, se débarrasser du carton de modiste avec le plus de diligence possible.

Il accosta le premier policeman venu, et poliment lui demanda son chemin. Il apprit qu'il n'était plus très loin de sa destination. Quelques minutes de marche l'amenèrent dans une ruelle, à une petite maison repeinte de frais et tenue avec un soin scrupuleux. Le heurtoir et le bouton de la sonnette étaient astiqués à fond ; des pots de fleurs garnissaient les tablettes des fenêtres ; et des rideaux d'une étoffe coûteuse dissimulaient l'intérieur aux regards indiscrets des passants. L'endroit avait un air de recueillement et de mystère ; et Harry subissait tellement cette influence qu'il heurta avec une discrétion inusitée ; et fut plus soigneux qu'à l'ordinaire de se nettoyer les souliers.

Une soubrette qui ne manquait point d'attrait ouvrit la porte et considéra le secrétaire d'un œil peu farouche.

— Voici le colis de lady Vandeleur, lui dit Harry.

— Je sais, répliqua la fille, avec un signe d'assentiment. Mais Monsieur est sorti, voulez-vous me laissez ça ?

— Je ne puis, répondit Harry. J'ai l'ordre de ne m'en séparer qu'à une certaine condition, et je dois vous demander, je le crains, de me laisser attendre.

— Bon, dit-elle, je ne vois pas d'inconvénient à

vous laisser attendre. Je suis passablement seule, je vous l'avouerai, et vous n'avez pas une mine à vouloir me manger. Mais ayez soin de ne pas me demander le nom de Monsieur, car je n'ai pas le droit de vous le dire.

— Pas possible ? s'écria Harry. Oh ! comme c'est curieux ! En vérité, depuis quelque temps, je ne rencontre que des surprises. Mais il y a une question que je puis sûrement vous poser sans indiscrétion : votre Monsieur, est-ce le maître de cette maison ?

— Il est locataire, et depuis moins de huit jours, repartit la soubrette. Et maintenant, à mon tour de vous questionner. Connaissez-vous lady Vandeleur ?

— Je suis son secrétaire particulier, répondit Harry en rougissant de modeste fierté.

— Elle est jolie, n'est-ce pas ? reprit la fille.

— Oh ! elle est belle ! s'écria Harry, merveilleusement aimable, et non moins bonne et douce.

— Vous semblez vous-même assez doux, repartit-elle ; et je gage que vous valez une douzaine de lady Vandeleur.

Harry fut positivement scandalisé.

— Moi ! s'écria-t-il. Je ne suis qu'un secrétaire.

— C'est pour moi que vous dites cela ? reprit la fille. Parce que, avec votre permission, je ne suis qu'une femme de chambre. (Et alors, se radoucissant à la vue de l'évidente confusion de Harry.) Je sais que ce n'est pas cela que vous vouliez dire, ajouta-t-elle ; et j'aime votre mine, mais je ne pense pas grand-chose de bon de votre lady Vandeleur. Oh ! ces maîtresses ! s'écria-t-elle. Envoyer au-dehors un vrai gentleman comme vous... avec un carton de modiste... en plein jour !

Jusque-là ils étaient restés dans leurs positions

primitives ; elle sur le seuil, lui sur le trottoir, tête nue pour se rafraîchir, et carton au bras. Mais à ces dernières phrases, Harry, incapable de supporter des compliments aussi directs sur sa mine, ni le regard séducteur qui les accompagnait, perdit contenance, et dans son trouble il se mit à regarder de droite et de gauche. Ce faisant, il tourna la tête vers le bas de la ruelle, et, à son effroi indicible, ses yeux y rencontrèrent ceux du général Vandeleur, prodigieusement congestionné par la chaleur, la hâte et la colère. Le général était en train de courir les rues à la poursuite de son beau-frère ; mais à peine eut-il entrevu le délinquant secrétaire, que son dessein changea, sa colère prit un nouveau cours, et virant de bord, avec des vociférations et des gestes truculents, il s'enfila au galop dans la ruelle. D'un bond, Harry se jeta dans la maison, poussant la fille devant lui ; et la porte claqua au nez de son persécuteur.

— Y a-t-il une barre ? Est-ce qu'elle ferme à clef ? demanda Harry, tandis qu'une salve du heurtoir faisait retentir les échos de la maison.

— Quoi, qu'est-ce que vous craignez ? interrogea la soubrette. Est-ce ce vieux gentleman ?

— S'il m'attrape, chuchota Harry, autant dire que je suis mort. Il n'a cessé de me poursuivre depuis ce matin, il porte une canne à épée, et c'est un officier de l'armée des Indes.

— Voilà de jolies manières, s'écria la fille. Et dites-moi, s'il vous plaît, quel peut bien être son nom ?

— C'est le général, mon maître, répondit Harry. Il en veut à ce carton de modiste.

— Vous l'avais-je pas dit ? s'écria triomphalement la soubrette. Quand je vous disais que je ne pensais pas grand-chose de bon de lady Vandeleur ! Si vous saviez voir, vous comprendriez ce qu'elle est pour vous. Une ingrate coquine, vous pouvez m'en croire !

Le général renouvela son attaque sur le heurtoir, et sa fureur croissant avec l'attente, il se mit à cogner du poing et du pied sur les panneaux de la porte.

— Il est heureux, remarqua la fille, que je sois seule dans la maison ; votre général peut taper jusqu'à plus soif, personne ne lui ouvrira. Suivez-moi.

En disant cela, elle entraîna Harry dans la cuisine. Là, elle le fit s'asseoir et resta debout auprès de lui dans une tendre attitude, une main sur son épaule. A la porte, le fracas, loin de diminuer, redoublait toujours d'intensité, et chaque coup ébranlait jusqu'au cœur l'infortuné secrétaire.

— Quel est votre nom ? demanda la fille.

— Harry Hartley, répondit-il.

— Le mien, continua-t-elle, est Prudence. Il vous plaît ?

— Beaucoup, dit Harry. Mais écoutez un peu comme le général cogne sur la porte. Il va sûrement l'enfoncer, et alors, au nom du Ciel, qu'ai-je à attendre sinon la mort ?

— Vous vous émotionnez grandement pour rien, répondit Prudence. Laissez taper votre général, il n'aboutira qu'à s'écorcher les poings. Pensez-vous que je vous tiendrais là si je n'étais pas certaine de vous sauver ? Oh ! non, je suis une vraie amie envers ceux qui me plaisent ! et nous avons une porte de derrière sur une autre ruelle. Mais, ajouta-t-elle en l'arrêtant, car il s'était levé aussitôt à cette heureuse nouvelle, mais je ne vous la montrerai que si vous me donnez un baiser. Voulez-vous, Harry ?

— Bien volontiers, s'écria-t-il, rappelant à lui sa galanterie ; et non pas pour la porte de derrière, mais parce que vous êtes bonne et jolie.

Et il lui administra de bon cœur deux ou trois baisers, qu'elle lui rendit de même.

Après quoi, Prudence le mena à la porte de derrière et mit la main sur la clef.

— Vous reviendrez me voir ? demanda-t-elle.

— Je n'y manquerai pas, répondit Harry. Ne vous dois-je pas la vie ?

— Et maintenant, ajouta-t-elle en ouvrant la porte, courez tant que vous voudrez, car je vais faire entrer le général.

Harry n'avait pas besoin de ce conseil ; la peur le tirait en avant ; et il se mit à fuir avec vélocité. Quelques pas encore, croyait-il, et échappant à ses maux, il retournerait sain et sauf auprès de lady Vandeleur. Mais il n'avait pas fait ces quelques pas qu'il entendit une voix d'homme le héler par son nom accompagné d'injures. Regardant par-dessus son épaule, il aperçut Charlie Pendragon qui, des deux bras, lui faisait signe de revenir. L'émotion due à ce nouvel incident fut si brusque et prolongée que Harry, déjà porté à un haut degré de tension nerveuse, ne trouva rien de mieux à faire que d'accélérer l'allure et de poursuivre sa course. Il aurait dû évidemment se rappeler la scène de Kensington garden ; il aurait dû en conclure que, là où le général était son ennemi, Charlie Pendragon ne pouvait être qu'un ami. Mais il avait l'esprit si enfiévré et perturbé qu'aucune de ces considérations ne le frappa et qu'il se contenta de courir

de plus en plus belle vers le haut de la rue.

A en juger par le diapason de sa voix et par les termes outrageux qu'il décochait au secrétaire, Charlie était évidemment hors de lui de fureur. Lui aussi courait tant qu'il pouvait ; mais il eut beau faire, les avantages physiques n'étaient pas de son côté, et ses clameurs, ainsi que le battement de son pied boiteux sur l'asphalte se faisaient de plus en plus lointains.

Une fois de plus, Harry renaissait à l'espoir. Étroite et escarpée, la ruelle était par ailleurs excessivement solitaire ; bordée de chaque côté par des murs de jardins que surmontaient des feuillages ; aussi loin que le fugitif pouvait voir devant lui, il n'y avait pas un être vivant ni une porte ouverte. La Providence, lasse de le persécuter, offrait maintenant le champ libre à son évasion.

Hélas ! comme il arrivait à la hauteur d'une porte de jardin dominée par un massif de marronniers, cette porte s'ouvrit brusquement, et il put voir à l'intérieur, dans une allée de jardin, la silhouette d'un garçon boucher, son panier au bras. A peine s'était-il rendu compte de la chose qu'il avait déjà dépassé l'ouverture de quelques pas. Mais le garçon, qui avait eu le temps de le remarquer, fut comme de juste très étonné de voir un gentleman courir d'un tel train : il sortit dans la ruelle et se mit à héler Harry et à lui lancer d'ironiques encouragements.

Son apparition inspira une nouvelle idée à Charlie Pendragon. Bien que tout hors d'haleine, celui-ci éleva derechef la voix :

— Au voleur ! Arrêtez-le ! hurla-t-il.

Et, à l'instant, le garçon boucher fit chorus et se joignit à la poursuite.

Ce fut un vilain moment pour l'infortuné secrétaire. Il est vrai que la terreur lui permit une fois de plus d'accélérer, et de gagner à chaque pas sur ses poursuivants ; mais il se rendait compte qu'il était presque à bout de forces, et que s'il rencontrait dans cette étroite ruelle quelqu'un venant en sens inverse, sa situation serait vraiment désespérée.

— Il me faut trouver une cachette, se dit-il, et

cela d'ici quelques instants, ou sinon, c'en est fait de moi dans ce monde.

A peine cette pensée lui eut-elle traversé l'esprit que la ruelle fit un coude brusque, et il se trouva hors de vue de ses ennemis. Il y a des circonstances où les hommes les moins énergiques eux-mêmes apprennent à se conduire avec vigueur et décision ; et où les plus circonspects oublient leur prudence pour adopter les partis les plus téméraires.

Ce fut pour Harry Hartley l'une de ces occasions, et ceux qui le connaissent le mieux auraient été les plus étonnés par l'audace du jeune homme. Il s'arrêta net, projeta le carton de modiste par-dessus le mur d'un jardin.

Il revint à lui au bout de quelques instants, assis dans une bordure de rosiers nains. Ses mains et ses genoux étaient entaillés et saignants, car le mur se trouvait abondamment garni de verre cassé pour le protéger contre les escalades de ce genre ; et il éprouvait une courbature générale avec un flottement douloureux dans la tête. Par-delà le jardin, qui était admirablement tenu et garni du plus délicieux parfum, il vit en face de lui le derrière d'une maison. Ce bâtiment était assez étendu, et à coup sûr habitable ; mais, par un singulier contraste avec le jardin, il était de guingois, mal tenu et de piètre apparence. Sauf de ce côté, le mur du jardin formait une enceinte continue.

Il enregistra par des regards machinaux ces détails du paysage, mais son esprit était encore incapable de les rassembler ou d'en tirer une conclusion rationnelle. Et quand il entendit des pas s'approcher sur le gravier, bien qu'il tournât les yeux dans cette direction, il ne lui vint aucune idée de se défendre ni de fuir.

Le nouvel arrivant était un énorme individu d'aspect fruste et sordide, en habits de jardinage, et qui portait de sa main gauche un arrosoir. Quelqu'un de plus lucide n'eût pu s'abstenir de quelque crainte à la vue des proportions gigantesques de cet homme et de ses yeux sombres et sournois. Mais Harry était trop gravement ébranlé par sa chute pour ressentir même de l'effroi ; et s'il fut incapable de détourner ses regards du jardinier, il resta complètement inerte, et se laissa approcher, saisir par l'épaule et remettre brutalement debout sans un geste de résistance.

Une minute, tous deux se regardèrent mutuellement dans les yeux. Harry était fasciné, l'homme plein de colère et d'une ironie féroce et ricanante :

— Qui êtes-vous ? demanda enfin ce dernier. Qui êtes-vous pour venir escalader mon mur et démolir mes *Gloire de Dijon* ? Comment vous appelez-vous ? ajouta-t-il en le secouant ; et que pouvez-vous bien venir chercher ici ?

Harry était incapable de proférer un seul mot d'explication.

Mais, à ce moment précis, Pendragon et le garçon boucher passèrent en tournant, faisant retentir l'étroite ruelle du bruit de leurs pas et de leurs clameurs. Le jardinier n'avait pas besoin d'autre réponse ; de son haut il dévisagea Harry avec un sourire féroce.

— Un voleur ! dit-il. Ma parole, le métier doit vous profiter ; car je vous vois là habillé des pieds à la tête comme un gentleman. N'avez-vous pas honte de courir le monde si bien nippé, alors que d'honnêtes gens, je parie, sont trop heureux d'acheter au rabais vos démises ? Parlez, canaille, continua l'homme ; vous comprenez l'anglais, je suppose ; et je tiens à avoir un bout de conversation avec vous avant de vous conduire au poste.

— En vérité, monsieur, dit Harry, tout ceci est une affreuse méprise. Si vous voulez venir avec moi jusque chez sir Thomas Vandeleur, à Eaton Place, je vous promets que tout s'expliquera. La personne la plus honnête, je m'en aperçois, peut être mise en fâcheuse posture.

— Mon petit bonhomme, repartit le jardinier, je n'irai pas plus loin avec vous que le poste de police le plus proche. Le commissaire sera sans nul doute enchanté de faire un tour avec vous jusqu'à Eaton Place, et de prendre le thé avec vos nobles connaissances. Ou préféreriez-vous aller tout droit chez le secrétaire d'État ? Sir Thomas Vandeleur, ah ! ouiche ! Vous croyez peut-être que je ne sais pas reconnaître un gentleman d'un vulgaire chenapan comme vous ? Habits ou pas, je lis en vous comme dans un livre. Voilà une chemise qui coûte peut-être autant que mon chapeau des dimanches ; ce paletot, je parie, ne vient pas de chez le brocanteur ; et vos souliers...

L'homme, dont les yeux s'étaient dirigés vers le sol, s'arrêta net dans son outrageant commentaire, resta une minute à regarder attentivement un objet à ses pieds. Quand il reprit la parole, ce fut d'une voix étrangement altérée.

— Mais, au nom de Dieu, dit-il, qu'est-ce que c'est que ça ?

En suivant la direction de son regard, Harry découvrit un spectacle qui le rendit muet de surprise et de terreur. Dans sa chute, il était tombé en plein sur le carton de modiste, et l'avait crevé d'outre en outre ; une grande abondance de diamants s'en était déversée, qui gisaient maintenant épars, foulés aux pieds dans le terreau, ou répandus à la surface en une prodigalité étincelante et royale. Il y avait le magnifique diadème qu'il avait souvent admiré sur lady Vandeleur ; il y avait des bagues et des broches, des boucles d'oreilles et des bracelets, et même des brillants sans monture, qui scintillaient de toutes parts entre les buissons de roses comme des gouttes de rosée matinale. Une fortune princière gisait sur le sol entre les deux hommes... une fortune de l'espèce la plus attirante, la plus solide et la plus durable, susceptible d'être emportée dans le creux d'un tablier, belle en soi-même, et éparpillant la lumière du soleil en un million d'éclairs irisés.

— Grand Dieu ! s'écria Harry. Je suis perdu !

Avec la vélocité incalculable de la pensée, son esprit se reporta dans le passé, et il commença à comprendre ses aventures de la journée, à les concevoir comme un tout, et à discerner le fâcheux imbroglio dans lequel sa réputation et son avenir se trouvaient compromis. Il regarda autour de lui comme pour chercher du secours, mais il était seul dans le jardin, avec ses diamants épars et son redoutable interlocuteur ; et en prêtant l'oreille il ne perçut d'autre bruit que le frémissement des feuilles et les battements précipités de son cœur. Le jeune homme sentit son courage l'abandonner et d'une voix défaillante il répéta sa dernière exclamation :

— Je suis perdu !

D'un air coupable, le jardinier jeta les yeux de tous côtés; mais nulle figure ne se montrait à aucune fenêtre. Il sembla respirer de nouveau.

— Reprenez du cœur, dit-il enfin, espèce d'idiot ! Le pire est fait. Pourquoi ne le disiez-vous pas tout de suite qu'il y en avait pour deux ? Deux ? répéta-t-il, allons donc ! pour deux cents ! Mais partons d'ici, où l'on pourrait nous voir ; et, au nom de la sagesse, rendez sa forme à votre chapeau et brossez vos habits. On ne vous laisserait pas circuler de deux pas avec la dégaine de polichinelle que vous offrez à cette heure.

Pendant que Harry suivait machinalement ces conseils, le jardinier, se jetant à genoux, s'empressait de rassembler les joyaux épars et de les remettre dans le carton de modiste. Au contact de ces gemmes précieuses un frisson d'émotion traversa la rude charpente de notre homme ; son visage se transfigurait, ses yeux brillaient de convoitise ; bref, on eût dit qu'il prolongeait à plaisir son occupation, et s'attardait sur chaque diamant qu'il maniait. A la fin, néanmoins, ce fut terminé ; et, cachant le carton de modiste sous sa serpillière le jardinier fit signe à Harry et l'emmena dans la direction de la maison.

Près de la porte, ils firent la rencontre d'un jeune homme, évidemment un ecclésiastique. Très élégamment vêtu à la manière de sa caste, il était brun et particulièrement distingué, avec un air de faiblesse mêlée de résolution. Le jardinier fut visiblement ennuyé de cette rencontre, mais il fit aussi bon visage que possible, et accosta le clergyman avec un sourire obséquieux.

— Voilà un bel après-midi, monsieur Rolles, lui dit-il ; un bel après-midi, aussi sûr que Dieu nous le donne ! Et voici un jeune ami à moi qui a eu la fantaisie de venir voir mes roses. J'ai pris la liberté de l'introduire, pensant qu'aucun des locataires n'y verrait d'inconvénient.

— En ce qui me concerne, repartit le révérend M. Rolles, je n'y en vois pas et je pense que personne d'entre nous ne fera plus de difficulté sur un si mince sujet. Le jardin est à vous, monsieur Ræburn ; nul de nous ne doit l'oublier ; et parce que vous nous donnez la liberté de nous y promener, nous aurions certes bien mauvaise grâce à nous prévaloir de votre politesse au point d'entraver le bon plaisir de vos amis. Mais au fait, ajouta-t-il, je crois que ce monsieur et moi nous sommes rencontrés déjà. M. Hartley, je pense ? J'ai le regret de constater que vous avez fait une chute.

Et il lui tendit la main.

Une sorte de pudeur virginale et un désir de retarder aussi longtemps que possible la nécessité d'une explication poussèrent Harry à refuser cette chance de secours, et à renier sa propre identité. Il préféra les tendres soins du jardinier, qui était du moins un inconnu pour lui, à la curiosité et peut-être aux soupçons d'une connaissance.

— Je crains qu'il n'y ait erreur, dit-il. Je me nomme Thomlinson et suis un ami de M. Ræburn.

— En vérité ? fit M. Rolles. La ressemblance est étonnante.

M. Ræburn, qui avait été sur des épines durant ce dialogue, sentit qu'il était grand temps d'y mettre fin.

— Je vous souhaite une bonne promenade, monsieur, dit-il.

Et là-dessus, il entraîna Harry dans la maison, et puis dans une chambre donnant sur le jardin. Son premier soin fut de baisser la jalousie, car M. Rolles restait toujours où ils l'avaient laissé, dans une attitude pensive et perplexe. Après quoi il vida le carton crevé sur la table, et contempla le trésor étalé au large, tout en se frottant les mains sur les cuisses, avec une expression d'avarice extasiée. Pour Harry, la vue du visage de cet homme, sous l'influence de cette vile émotion, fut une nouvelle souffrance ajoutée aux autres. Qu'en un clin d'œil, de sa vie de pure et délicate frivolité, il fût plongé parmi des relations abjectes et criminelles, cela lui paraissait incroyable. Il ne pouvait reprocher à sa conscience aucune action coupable ; et pourtant il subissait la punition du péché sous les formes les plus aiguës et les plus cruelles : la crainte du châtiment, les soupçons des justes, la camaraderie et la contamination de vils individus. Il eût donné sa vie avec joie pour fuir loin de cette chambre et de la société de M. Ræburn.

— Et maintenant, dit ce dernier, après avoir divisé les gemmes en deux parts à peu près égales, et attiré l'une d'elles plus près de lui ; et maintenant, reprit-il, pour chaque chose dans ce monde, il faut payer, et cher pour certaines. Vous saurez, monsieur Hartley, si tel est votre nom, que je suis un homme d'humeur très facile, et que d'un bout à l'autre ma pierre d'achoppement a été la bonté. Si je voulais, je pourrais empocher la totalité de ces jolis cailloux, et j'aimerais voir que vous osiez dire un mot ; mais je pense que je dois vous avoir pris en amitié, car j'avoue que je n'ai pas le cœur de vous tondre de si près. Aussi, voyez-vous, par pure gentillesse, je propose que nous partagions ; et voici (il indiquait les deux tas) les proportions qui me paraissent justes et équitables. Y voyez-vous une objection, monsieur Hartley, dites-moi ? Je ne suis pas homme à chicaner sur une broche.

— Mais, monsieur, s'écria Harry, ce que vous me proposez là est impossible. Les bijoux ne sont pas à moi, et je ne saurais partager ce qui appartient à autrui, avec n'importe qui, ni en quelques proportions.

— Ils ne sont pas à vous, hein ? repartit Ræburn. Et vous ne sauriez les partager avec n'importe qui, hein ? Eh bien ! alors, c'est ce que j'appelle un malheur, car me voici obligé de vous conduire au poste... La police, songez-y, songez à la honte pour vos respectables parents ; songez, continua-t-il, en saisissant Harry par le poignet, songez au bagne et au jour du jugement.

— Je n'y suis pour rien, gémit Harry. Ce n'est pas ma faute. Vous ne voulez pas venir avec moi à Eaton Place ?

— Non, répondit-il. Je ne veux pas, c'est net. Et je tiens à partager ici même ces joujoux avec vous.

Et en disant cela il infligea au poignet du jeune homme une brusque et violente torsion.

Harry ne put retenir un hurlement, et des gouttes de sueur perlèrent sur son visage. La souffrance et la terreur avivaient peut-être son intelligence, mais le fait est qu'en ce moment toute l'affaire lui apparut sous un nouveau jour ; il vit qu'il ne lui restait plus qu'à céder aux exigences du gredin et s'en remettre à l'espoir de retrouver la maison et l'obliger à rendre gorge, en un temps plus favorable, et quand lui-même serait libéré de tout soupçon.

— J'accepte, dit-il.

— Vous êtes un ange, ricana le jardinier. Je pensais bien que vous finiriez par comprendre votre intérêt. Ce carton de modiste, reprit-il, je vais le brûler avec mes ordures ; c'est une chose que les curieux pourraient reconnaître, et quant à vous, ramassez vos bibelots et fourrez-les dans votre poche.

Harry se mit en devoir d'obéir. Ræburn le surveillait de près, et de temps à autre, son avidité se rallumant à quelques scintillations plus vives, il soustrayait une pierre de plus à la part du secrétaire, pour l'ajouter à la sienne propre.

Quand ce fut fini, tous deux s'en allèrent à la porte de devant, que Ræburn ouvrit avec précaution pour observer la rue. Celle-ci apparemment était vide de passants ; car il attrapa soudain Harry par la peau du cou, et lui maintenant le visage penché vers la terre en sorte qu'il ne pût rien voir que la chaussée et les seuils des maisons, il le poussa devant lui avec violence le long d'une rue et puis d'une autre, durant l'espace de peut-être une minute et demie. Harry avait compté trois tournants lorsque la brute lâcha prise, et, lui criant : « Et maintenant, filez ! » fit voler notre pauvre garçon la tête la première d'un coup de pied athlétique et bien dirigé.

Quand Harry se fut ramassé, à demi étourdi et saignant abondamment du nez, M. Ræburn avait entièrement disparu. Au premier abord, la rage et la douleur accablaient tellement le jeune homme qu'il éclata en larmes et resta à sangloter au milieu de la chaussée.

Après avoir ainsi quelque peu soulagé son cœur, il se mit à regarder autour de lui et à lire les noms des rues à l'intersection desquelles le jardinier l'avait ainsi abandonné. Il était encore dans une région peu fréquentée de l'ouest londonien, parmi des villas et de grands jardins, mais il put voir à une fenêtre des personnes qui avaient été témoins de sa mésaventure ; et presque aussitôt après une servante sortit de la maison en courant et vint lui offrir un verre d'eau. En même temps, un sordide vagabond qui rôdait quelque part dans le voisinage s'approcha de lui par l'autre côté.

— Pauvre garçon, dit la servante, comme on vous a traité odieusement ! Mais vous avez les genoux tout déchirés, et vos habits sont en lambeaux ! Connaissez-vous le misérable qui vous a arrangé de la sorte ?

— Pour ça oui ! s'écria Harry, que l'eau avait un peu ranimé ; et je le prendrai au gîte en dépit de ses précautions. Il paiera cher pour sa besogne d'aujourd'hui, je vous le promets.

— Vous feriez mieux de venir chez nous vous laver et vous brosser, reprit la servante. Ma maîtresse vous fera bon accueil, ne craignez rien. Et tenez, je ramasse votre chapeau... Ah ! miséricorde ! piailla-t-elle, mais vous avez semé des diamants tout le long de la rue !

Ce n'était que trop vrai ; une bonne moitié de ce qui lui restait, après les larcins de M. Ræburn avait été projetée de ses poches par le saut périlleux et gisait de nouveau scintillant sur le sol. Il bénit son étoile de ce que la fille eût l'œil si prompt : « Il n'y a rien de si mauvais qui ne puisse devenir pire », songea-t-il ; et le recouvrement de ces quelques gemmes lui parut presque aussi important que la perte du reste. Mais, hélas ! comme il se penchait pour ramasser ses trésors, le vagabond fit une attaque brusquée, renversa d'un même geste Harry et la bonne, rafla une double poignée de diamants, et détala le long de la rue avec une étonnante célérité.

Sitôt remis sur pied, Harry donna la chasse au malfaiteur, mais celui-ci était trop agile à la course, et probablement trop familier avec la topographie des lieux ; car son poursuivant eut beau chercher, il ne trouva pas trace du fugitif.

Profondément abattu, Harry s'en revint sur le théâtre de sa mésaventure, où la bonne, qui l'avait attendu, lui restitua très honnêtement son chapeau et le reste des diamants tombés, Harry la remercia de tout cœur, et comme il n'était pas alors en veine d'économie, se dirigea vers la plus proche station de cabs, et partit en voiture pour Eaton Place.

A son arrivée, la maison parut dans la confusion, comme s'il était survenu un malheur dans la famille ; les domestiques accoururent dans le vestibule, et furent incapables, ou peut-être assez peu désireux de réfréner leur gaieté, à la mine déguenillée du secrétaire. Il passa devant eux en affectant toute la dignité dont il était capable, et alla directement au boudoir. Quand il en ouvrit la porte, un spectacle étrange et même menaçant s'offrit à ses yeux : car il vit le général et sa femme, et avec eux, ô surprise, Charlie Pendragon, enfermés ensemble et qui causaient, attentifs et graves, d'un sujet d'importance. Harry comprit tout de suite qu'il ne lui restait pas grand-chose à expliquer : on avait évidemment fait au général une explication plénière de l'attentat projeté sur sa bourse, comme de la malheureuse issue de ce plan ; et ils avaient tous fait cause commune contre un commun danger.

— Dieu merci ! s'écria lady Vandeleur, le voilà ! Le carton, Harry ! le carton, Harry ! le carton de modiste !

Mais Harry restait devant eux silencieux et abattu.

— Parlez ! cria-t-elle. Parlez ! Où est le carton de modiste ?

Et avec des gestes menaçants, les deux hommes réitérèrent la demande.

Harry tira de sa poche une poignée de pierreries. Il était très pâle.

— Voilà tout ce qu'il reste, dit-il. Je jure devant Dieu qu'il n'y a pas eu de ma faute ; et si vous voulez prendre patience, bien que quelques bijoux soient perdus, je le crains, pour jamais, d'autres, j'en suis sûr, peuvent encore être recouvrés.

— Hélas ! s'écria lady Vandeleur, tous nos diamants ont disparu, et je dois quatre-vingt-dix mille livres à la couturière !

— Madame, dit le général, vous auriez jeté votre or par les fenêtres ; vous auriez fait des dettes pour cinquante fois la somme que vous dites ; vous m'auriez dérobé le diadème et l'anneau de ma mère, que la nature l'eût encore emporté en moi et que j'aurais fini par vous pardonner. Mais vous m'avez, madame, pris le Diamant du Rajah... l'œil de lumière, comme l'appellent les Orientaux... la gloire de Kashgar ! Vous m'avez pris le Diamant du Rajah, s'écria-t-il en levant les mains ; et tout, madame, tout est fini entre nous !

— Croyez-moi, général Vandeleur, répliqua-t-elle, c'est là le plus agréable discours que j'aie jamais entendu sortir de vos lèvres ; et puisque nous allons être ruinés, j'accueillerai presque avec joie le changement, s'il me délivre de vous. Vous m'avez assez souvent dit que je vous ai épousé pour votre argent ; laissez-moi vous dire à cette heure que je me suis toujours amèrement repentie du marché ; et si vous étiez encore mariable, et eussiez-vous un diamant plus gros que votre tête, je déconseillerais même à ma femme de chambre une union si peu attrayante et si désastreuse. Quant à vous, monsieur Hartley, continua-t-elle en s'adressant au secrétaire, vous avez montré suffisamment vos précieuses qualités dans cette maison ; nous sommes enfin persuadés que vous manquez également d'énergie, d'intelligence et de dignité ; et je ne vois plus pour vous qu'une chose à faire, c'est de déguerpir illico, et autant que possible de ne plus reparaître. Pour vos gages, vous pouvez vous faire inscrire comme créancier dans la faillite de mon ex-époux.

Harry avait à peine saisi cette apostrophe insultante que le général lui en décochait une autre.

— Et en attendant, prononça-t-il, suivez-moi chez le plus proche commissaire de police. Vous pouvez en faire accroire à l'esprit loyal et simple d'un soldat, monsieur, mais l'œil de la justice saura déchiffrer votre déshonorant secret. Si je dois passer ma vieillesse dans la pauvreté par suite de vos ténébreuses intrigues avec ma femme, je veux du moins que vos forfaits ne restent pas impunis, et Dieu, monsieur, me refusera une très grande consolation si vous n'attrapez pas des travaux forcés jusqu'à la fin de vos jours.

Là-dessus, le général entraîna Harry hors de l'appartement, le fit descendre précipitamment les escaliers et suivre la rue jusqu'au poste de police du quartier.

Ici (dit mon auteur arabe) *finit la déplorable histoire du carton de modiste. Mais, pour l'infortuné secrétaire, cette aventure fut le début d'une vie nouvelle et plus digne. Il n'eut pas de peine à convaincre la police de son innocence ; et après qu'il eut donné aux recherches ultérieures le concours en son pouvoir, il fut même complimenté par l'un des chefs du service des détectives sur la droiture et la probité de sa conduite. Plusieurs personnes s'intéressèrent à son infortune ; et il ne tarda pas à hériter une somme rondelette d'une tante vieille fille dans le Worcestershire. Grâce à quoi, il épousa Prudence, et s'embarqua avec elle pour Bendigo, ou, selon une autre version, pour Trincomali, extrêmement satisfait, et avec les meilleures espérances d'avenir.*

HISTOIRE DU JEUNE HOMME DANS LES ORDRES SACRÉS

Le révérend M. Simon Rolles s'était distingué dans les sciences morales, et faisait des progès singuliers dans l'étude de la théologie. Son essai *Sur la doctrine chétienne des obligations sociales* lui valut, au moment de sa publication, une certaine renommée à l'université d'Oxford, et le bruit courut dans le monde clérical et lettré que le jeune M. Rolles avait en préparation un ouvrage considérable, un in-folio, sur l'autorité des Pères de l'Église. Ces réalisations, ces projets ambitieux, néanmoins, étaient loin de le mener à aucune promotion ; et il était toujours en quête de sa première cure quand le hasard d'une promenade dans ce quartier de Londres, l'aspect du jardin tranquille et opulent, un désir de solitude studieuse, et le bon marché du logement, l'amenèrent à prendre sa résidence chez M. Ræburn, le pépiniériste de Stockdove Lane.

C'était sa coutume, chaque après-midi, après avoir travaillé sept ou huit heures sur saint Ambroise ou saint Chrysostome, de se promener un peu en méditant parmi les roses. Et ce moment-là était d'ordinaire un des plus féconds de sa journée. Mais le désir sincère de la pensée, joint à l'attrait de graves problèmes attendant leur solu-

46

tion, ne sont pas toujours suffisants à préserver l'âme du philosophe contre les assauts mesquins et le contact du monde. Quand M. Rolles trouva le secrétaire du général Vandeleur en lambeaux et saignant, dans la compagnie de son propriétaire ; quand il les vit tous les deux changer de couleur et s'efforcer d'éviter ses questions ; et, surtout, quand le premier eut renié sa propre identité avec la plus imperturbable assurance, il oublia promptement les saints et les Pères de l'Église pour les vulgaires soucis de la curiosité.

— Je ne puis me tromper, songea-t-il. C'est là M. Hartley, sans aucun doute. Comment se trouve-t-il en un pareil état ? Pourquoi renie-t-il son nom ? Et que peut-il avoir à faire avec mon sinistre bandit de propriétaire ?

Comme il réfléchissait de la sorte, un autre détail singulier attira son attention. Le visage de M. Ræburn apparut à une fenêtre du rez-de-chaussée voisine de la porte ; et le hasard voulut que ses yeux rencontrèrent ceux de M. Ræburn. Le propriétaire sembla déconcerté, voire même alarmé ; et aussitôt après, la jalousie de la pièce fut abaissée vivement.

— Cela peut être fort correct, songea M. Rolles; cela peut être excessivement correct ; mais j'avoue franchement que je ne le crois pas. Soupçonneux, subreptices, dissimulateurs, craignant d'être vus... sur mon âme, ces deux-là m'ont tout l'air de comploter quelque action malhonnête.

Le détective qui sommeille en chacun de nous s'éveilla dans le sein de M. Rolles et devint exigeant. D'un pas vif et alerte, qui ne ressemblait guère à sa démarche habituelle, le jeune ecclésiastique se mit à faire le tour du jardin. Quand il arriva sur le théâtre de l'escalade de Harry, son regard fut arrêté d'emblée par un rosier fracassé et par des traces de piétinements sur le terreau. Il leva la tête, et vit la brique égratignée, et un lambeau de pantalon accroché à un cul de bouteille. Tel était donc le mode d'entrée choisi par l'ami intime de M. Ræburn ! C'est ainsi que le secrétaire du général Vandeleur venait admirer un jardin floral ! Tout en faisant halte pour examiner le sol, le jeune clergyman sifflota entre ses dents. Il put discerner où Harry avait touché terre après son saut périlleux ; il reconnut le pied plat de M. Ræburn à la profonde empreinte qu'il avait laissée dans l'humus au moment où le jardinier soulevait le secrétaire par le collet ; à un examen plus attentif, il crut même distinguer des traces de doigts raclants, comme si quelque chose s'était répandu et qu'on l'eût recueilli avidement.

— Ma parole, songea-t-il, cela devient d'un intérêt puissant.

Et juste à ce moment, il aperçut un objet presque entièrement enfoncé dans la terre. Il eut vite fait de dégager un élégant écrin de maroquin à fermoir et ornements d'or. On l'avait lourdement foulé aux pieds, ce qui l'avait soustrait aux investigations hâtives de M. Ræburn. M. Rolles ouvrit l'écrin, et poussa un long soupir d'étonnement et presque d'horreur ; car là, devant lui, sur un capiton de velours vert, s'étalait un diamant d'une grosseur prodigieuse et de l'eau la plus pure. Il était gros comme un œuf de cane, admirablement taillé et sans défaut ; quand le soleil brillait dessus, il émettait un éclat quasi électrique, et semblait brûler de mille feux intérieurs dans la main qui le tenait.

M. Rolles s'y connaissait peu en pierres précieuses, mais le Diamant du Rajah était une merveille qui parlait d'elle-même ; un petit paysan qui l'eût trouvé aurait couru à grands cris le porter à la villa la plus proche ; un sauvage se serait prosterné en adoration devant un fétiche aussi imposant. La beauté de la pierre enchantait les yeux du jeune clergyman ; la pensée de sa valeur inouïe accablait son intelligence. Il se rendait compte que ce qu'il tenait à la main représentait plus que maintes années d'études ou qu'un siège archiépiscopal ; qu'on en aurait construit des cathédrales plus grandioses que celles d'Ely ou de Cologne ; que celui qui le possédait se trouvait libéré à jamais de la malédiction originelle et pouvait suivre ses goûts sans souci ni hâte, sans obstacle ni empêchement. Et quand il vint à retourner la pierre, les feux en jaillirent avec un redoublement d'éclat, dont il se crut transporté jusqu'au cœur.

Les actions décisives sont souvent accomplies en un instant et sans aucune intervention consciente du domaine rationnel de l'homme. Il en fut ainsi pour M. Rolles. Il regarda bien vite autour de lui, ne vit, comme précédemment M. Ræburn, rien que le jardin de fleurs ensoleillé, les hautes cimes des arbres, et la maison aux jalousies baissées ; et en un clin d'œil il referma l'écrin, le jeta dans sa poche, et se hâta vers son studio avec une promptitude coupable.

Le révérend Simon Rolles avait volé le Diamant du Rajah.

Dès le début de l'après-midi, la police arriva avec Harry Hartley. Le pépiniériste, hors de lui de terreur, s'empressa de livrer son butin ; et les joyaux furent identifiés et inventoriés en la présence du secrétaire. Quant à M. Rolles, il se montra d'humeur fort serviable, communiqua volontiers ce qu'il savait, et affirma son regret de n'en pouvoir faire plus pour aider les inspecteurs dans leur tâche.

— Mais, ajouta-t-il, je suppose que votre besogne est à peu près terminée.

— Pas le moins du monde, répliqua le policier.

Et il raconta le second vol dont Harry avait été la victime, puis donna au jeune ecclésiastique la description des joyaux les plus importants non encore retrouvés, en appuyant particulièrement sur le Diamant du Rajah.

— Il doit valoir une fortune, dit M. Rolles.

— Dix fortunes... vingt fortunes, s'écria le policier.

— Plus il vaut, remarqua Simon avec finesse, plus incommode ce doit être de le vendre. Un tel objet a une physionomie qu'on ne peut déguiser, et je verrais plutôt quelqu'un négocier facilement la cathédrale de Saint-Paul.

— Oui, certes ! dit l'homme de la Préfecture ; mais si le voleur est un homme intelligent, il le découpera en trois ou quatre, et cela suffira encore à le rendre riche.

— Merci ! dit le clergyman. Vous ne pouvez croire combien votre conversation m'a intéressé.

Là-dessus, l'inspecteur avoua que l'on savait des tas de choses curieuses dans son métier, et aussitôt après il se retira.

M. Rolles regagna son appartement. Il le trouva plus petit et plus nu qu'à l'ordinaire, les matériaux de son grand œuvre n'avaient jamais présenté aussi peu d'attrait ; et il jeta sur sa bibliothèque un coup d'œil de mépris. Il en tira, un tome après l'autre, plusieurs Pères de l'Église, et les parcourut ; mais ils ne contenaient rien qui pût lui servir.

— Ces vieux messieurs, pensa-t-il, sont sans

doute de fort estimables écrivains, mais ils me paraissent remarquablement ignorants de la vie. Me voici, avec assez d'érudition pour être évêque, et je ne sais positivement pas comment me défaire d'un diamant volé. Un vulgaire policier m'a fourni un renseignement, et, avec tous mes in-folio, je reste incapable de le mettre à profit. Cela me donne une bien triste idée de l'enseignement universitaire.

Là-dessus, il envoya un coup de pied dans ses rayons de livres, et, mettant son chapeau, quitta la maison pour courir au club dont il faisait partie. En un tel lieu de réunion mondaine il espérait trouver quelqu'un de bon conseil et d'une expérience sérieuse de la vie. Dans le salon de lecture il vit plusieurs membres du clergé national et un archidiacre ; trois journalistes et l'auteur d'un traité sur la métaphysique supérieure, qui jouaient à la manille ; et au dîner le simple menu fretin des habitués du club montrèrent leurs physionomies vulgaires et effacées. « Aucun de ceux-là, pensait M. Rolles, n'en connaîtrait sur les sujets scabreux plus qu'il n'en savait lui-même ; aucun d'eux n'était capable de lui donner un avis dans son présent besoin. » A la fin, dans le fumoir, où il monta découragé, il avisa un gentleman d'assez forte corpulence et vêtu avec une simplicité remarquable. Il fumait un cigare et lisait *Fortnightly Review* ; son visage était singulièrement dépourvu de toute trace de préoccupation ou de fatigue ; et il y avait dans sa mine quelque chose qui semblait attirer la confiance et inviter à la soumission. Plus le jeune clergyman examinait ses traits, plus il se persuadait qu'il était tombé sur quelqu'un à même de lui donner un avis compétent.

— Monsieur, lui dit-il, vous voudrez bien m'excuser de vous interrompre, mais je juge d'après votre apparence que vous êtes tout ce qu'il y a de plus homme du monde.

— J'ai, en effet, des titres sérieux à ce qualificatif, répliqua l'inconnu, qui déposa son magazine avec un air à la fois amusé et surpris.

— Quant à moi, monsieur, reprit le jeune clergyman je suis un reclus, un étudiant, un rat d'encrier et d'in-folio patristiques. Un récent événement m'a fait comprendre ma folie, et je souhaite m'instruire dans la vie. Par la vie, ajouta-t-il, je n'entends pas les romans de Thackeray ; mais bien les crimes et les possibilités secrètes de notre société, avec les principes d'une sage conduite parmi les événements exceptionnels. Je suis un lecteur patient ; peut-on apprendre cela dans les livres ?

— Vous me prenez au dépourvu, répondit l'inconnu. J'avoue que je ne sais pas trop à quoi servent les livres, si ce n'est à se distraire en chemin de fer ; je crois pourtant qu'il y a quelques traités fort exacts sur l'astronomie, l'emploi des globes, l'agriculture, et l'art de fabriquer les fleurs en papier. Sur les domaines plus cachés de la vie, je crains que vous ne trouviez rien d'utile... Mais, attendez, avez-vous lu Gaboriau ?

M. Rolles avoua qu'il ne connaissait même pas ce nom.

— Vous pourrez puiser quelques idées dans Gaboriau, reprit l'inconnu. Du moins, il vous en inspirera ; et comme c'est un auteur très prisé du prince de Bismarck, au pis-aller vous perdrez votre temps en bonne compagnie.

— Monsieur, dit l'ecclésiastique, je vous suis infiniment obligé de votre amabilité.

— Vous m'avez déjà plus que récompensé, répondit l'autre.

— Comment ? interrogea Simon.

— Par la nouveauté de votre requête, répondit le gentleman.

Et d'un geste poli, comme pour en demander la permission, il se remit à lire sa *Fortnightly Review.*

En retournant chez lui, M. Rolles acheta un ouvrage sur les pierres précieuses et plusieurs romans de Gaboriau. Ces derniers, il les feuilleta avidement jusqu'à une heure avancée du matin, mais tout en s'initiant par eux à maintes idées nouvelles, il n'y put découvrir nulle part ce qu'on doit faire d'un diamant volé. Il était agacé, en outre, de trouver les renseignements noyés parmi tout un verbiage romanesque, et non sobrement exposés comme dans un manuel. Il conclut que, même si l'écrivain avait réfléchi beaucoup sur ses sujets, il manquait totalement de méthode pédagogique. Quant au personnage et aux exploits de Lecoq, néanmoins, il ne put contenir son admiration.

— C'était vraiment un être supérieur, ruminait M. Rolles. Il connaissait le monde comme je connais les *Preuves*, de Paley. Il n'y avait rien qu'il ne pût réaliser de sa main, et à l'encontre des pires difficultés... Ciel ! éclata-t-il soudain, n'est-ce pas là une leçon ? Ne dois-je pas apprendre à tailler les diamants moi-même ?

Il se crut du coup tiré d'embarras ; il se souvint qu'il connaissait un joaillier à Edimbourg, un certain M. Mac Culloch, qui ne demanderait pas mieux que de le mettre sur la voie de l'apprentissage nécessaire ; quelques mois, voire quelques années de travail manuel, et il serait suffisamment habile pour découper le Diamant du Rajah, et suffisamment rusé pour s'en défaire avantageusement. Après quoi, il pourrait à loisir reprendre ses recherches, en riche et luxueux étudiant, objet d'envie et de respect unanimes. Des visions dorées visitèrent ses songes, et avec le soleil matinal il s'éveilla réconforté et le cœur léger.

La maison de M. Ræburn devait être fermée ce jour-là par la police, ce qui offrait à Simon un pretexte de départ. Gaiement, il fit son bagage, le transporta à King's Cross, où il le laissa à la consigne, et retourna au club pour passer l'après-midi et dîner.

— Si vous dînez ici ce soir, Rolles, lui dit un camarade, vous verrez deux des hommes les plus notoires d'Angleterre : le prince Florizel de Bohême, et le vieux Jack Vandeleur.

— J'ai ouï parler du prince, repartit M. Rolles, et quant au général Vandeleur, je l'ai rencontré dans le monde.

— Le général Vandeleur n'est qu'une baderne, repartit l'autre. Il s'agit de son frère Jack, le plus grand aventurier, le meilleur expert en pierres précieuses, et l'un des plus fins diplomates d'Europe. N'avez-vous jamais entendu parler de son duel avec le duc du Val d'Orge ? ou de ses féroces exploits quand il était dictateur du Paraguay ? ou de son adresse à recouvrer les bijoux de sir Samuel Levi ? ni des services qu'il a rendus dans la Révolte des Indes... services dont le gouvernement a profité, mais sans oser les avouer. C'est à se demander ce que signifie la gloire, ou même l'infamie, car Jack Vandeleur a énormément droit aux deux. Descendez vite, continua-t-il, prenez une table voisine de la leur, et apprêtez vos oreilles. Vous entendrez de singuliers propos ou je me trompe fort.

— Mais comment les reconnaîtrai-je ? s'enquit le clergyman.

— Les reconnaître ! s'écria l'ami ; hé ! le prince est le plus exquis gentilhomme d'Europe, le seul être vivant qui ait l'air d'un roi ; et quant à Jack

Vandeleur, représentez-vous Ulysse à l'âge de soixante-dix ans, et avec une balafre en travers du visage, vous l'aurez devant vous ! Les reconnaître ! Allons donc ! mais vous les distingueriez l'un comme l'autre en un jour de Derby[1].

Rolles courut vite à la salle à manger. Son ami lui avait dit vrai ; impossible de se méprendre au couple en question. Le vieux Jack Vandeleur était d'une force physique remarquable et visiblement rompu aux exercices les plus difficiles. Son port n'était pas celui d'un homme d'épée, ni d'un marin, ni de quelqu'un fort adonné à l'équitation ; mais il participait de tout cela, et donnait l'impression de maintes aptitudes différentes. Il avait des traits fiers et aquilins ; une expression arrogante et féroce ; toute son apparence décelait l'homme d'action volontaire, violent, sans scrupules ; et sa copieuse chevelure blanche, ainsi que la profonde balafre qui lui traversait le nez et le front ajoutaient une note de sauvagerie à une figure déjà remarquable et menaçante en elle-même.

En son compagnon, le prince de Bohême, M. Rolles eut la surprise de reconnaître le gentleman qui lui avait conseillé de lire Gaboriau. Le prince Florizel, qui venait rarement au club dont, comme beaucoup d'autres, il était membre honoraire, était sans doute à attendre Jack Vandeleur, quand Simon l'avait accosté le soir précédent.

Les autres dîneurs s'étaient, par discrétion, retirés dans les angles de la salle, et laissaient le couple de distinction dans un certain isolement ; mais le jeune clergyman ne se laissa retenir par aucune considération de respect, et s'avançant hardiment, il prit place à la table la plus proche.

1. Course de chevaux fameuse : l'équivalent de notre Grand Prix.

La conversation était en effet nouvelle pour les oreilles de l'étudiant.

L'ex-dictateur du Paraguay contait ses aventures extraordinaires en différentes parties du monde ; et le prince fournissait un commentaire qui, pour un homme de pensée, était encore plus intéressant que les faits eux-mêmes. Le jeune clergyman pouvait donc confronter les deux formes d'expérience qu'il avait devant lui : il ne savait lequel admirer davantage, de l'acteur frénétique ou de l'habile expert en la vie ; de l'homme qui parlait hardiment de ses périlleux hauts faits, ou de l'homme qui semblait, tel un dieu, connaître toutes choses et n'en avoir jamais souffert. La manière de chacun s'adaptait exactement avec son rôle dans la conversation. Le dictateur se livrait à des brutalités aussi bien de langage que de gestes ; son poing s'ouvrait et se fermait pour s'abattre brutalement sur la table, et sa voix était forte et grondante. Le prince, d'autre part, semblait incarner le type même de l'urbanité souple et tranquille, le moindre mouvement, la moindre inflexion prenaient chez lui une signification plus intense que tous les éclats de voix et les gesticulations de son compagnon et s'il lui arriva, comme ce dut être le cas maintes fois, de raconter une aventure personnelle, il la dissimulait si bien qu'elle passait inaperçue avec le reste.

Finalement, la conversation dévia sur les vols récents et le Diamant du Rajah.

— Ce diamant serait mieux au fond de la mer, remarqua le prince Florizel.

— En ma qualité de Vandeleur, repartit le dictateur, Votre Altesse comprendra que je ne sois pas de son avis.

— Je parle au point de vue de la moralité publique, poursuivit le prince. Des joyaux d'une telle valeur devraient être réservés pour la collection d'un prince ou le trésor d'un grand pays. Les livrer à l'espèce vulgaire des humains c'est mettre à prix la tête de la Vertu ; et si le rajah de Kashgar — un prince, paraît-il, des plus éclairés — souhaitait se venger des Européens, il pouvait difficilement trouver rien de plus efficace dans ce but que de leur envoyer cette pomme de discorde. Pour une telle épreuve, il n'y a pas d'honnêteté trop robuste. Moi-même, qui ai maints devoirs et maints privilèges spéciaux... moi-même, monsieur Vandeleur, je pourrais à peine manier avec sécurité ce cristal enivrant. Quant à vous, qui êtes par goût et par profession un chasseur de diamants, je doute que dans le catalogue des crimes il y en ait un que vous hésiteriez à commettre... je doute que vous ayez au monde un ami que vous ne trahiriez pas volontiers... j'ignore si vous avez de la famille, mais si vous en avez, j'affirme que vous sacrifieriez vos enfants... et tout cela pourquoi ? Non pour être plus riche ni pour obtenir plus de bien-être ou d'honneur, mais simplement pour appeler ce diamant le vôtre pendant quelques années jusqu'à votre décès, et pour ouvrir de temps à autre un coffre-fort et jeter un coup d'œil dessus comme on regarde un tableau.

— C'est vrai, repartit Vandeleur. J'ai chassé beaucoup de choses, depuis des hommes et des femmes jusqu'à des moustiques ; j'ai pêché le corail, j'ai poursuivi des baleines et des tigres ; et un diamant est la curée la plus haute de toutes. Il a la beauté et la valeur ; lui seul récompense vraiment des fatigues de la chasse. En ce moment, comme Votre Altesse peut l'imaginer, je suis sur la piste ; j'ai un don réel, une vaste expérience ; je connais chaque pierre de prix de la collection de

mon frère comme un berger connaît son troupeau ;
et je veux mourir si je ne les récupère pas jusqu'à la
dernière.

— Sir Thomas aura grand sujet de vous remercier, dit le prince.

— Je n'en suis pas si sûr, repartit le dictateur,
en riant. L'un des Vandeleur, oui. Thomas ou Jack...

Pierre
ou Paul... nous
sommes tous apôtres.

— Je n'avais pas saisi votre
remarque, dit le prince avec quelque mépris.

Et au même instant le garçon vint avertir
M. Vandeleur que son cab était à la porte.

M. Rolles regarda à l'horloge, et vit que lui aussi
devait se retirer, et la coïncidence le frappa vivement et désagréablement, car il souhaitait ne plus
voir le chasseur de diamants.

L'excès d'étude ayant un peu ébranlé le système
nerveux du jeune homme, il avait l'habitude de
voyager de la façon la plus luxueuse, et pour le présent voyage il avait retenu une couchette dans le
wagon-lit.

— Vous serez très à l'aise, lui dit le contrôleur ; il
n'y a personne dans votre compartiment ; et rien
qu'un vieux gentleman dans celui de l'autre bout.

Il était presque l'heure, et on contrôlait les billets, quand M. Rolles vit son susdit compagnon de
voyage et que plusieurs porteurs introduisaient
dans le wagon ; à coup sûr, il eût préféré à cet hom-

me-là n'importe qui au monde... car c'était le vieux Jack Vandeleur, l'ex-dictateur.

Les wagons-lits sur la ligne du Great Northern étaient divisés en trois compartiments : un à chaque bout pour les voyageurs, et un au milieu aménagé en lavabo. Une porte à coulisse séparait du lavabo chacun des deux autres ; mais, comme il

n'y avait ni verrous ni serrures, toute l'enfilade était pratiquement terrain commun.

Quand M. Rolles eut examiné sa situation, il se vit sans défense. Si le dictateur s'avisait de lui rendre une visite dans le courant de la nuit, il ne pouvait faire autrement que de le recevoir ; il n'avait aucun moyen de retranchement, et se trouvait exposé aux attaques comme s'il eut été couché en plein champ. La situation lui causa une certaine anxiété. Il se rappelait avec inquiétude les vantardises de son compagnon de voyage lors du dîner, et les principes immoraux qu'il lui avait entendu débiter, au scandale du prince. Certaines gens, avait-il lu, ont le don de percevoir avec une singulière acuité le voisinage des métaux précieux ; à travers des murs et même à des distances considérables on prétend qu'ils devinent la présence de l'or. N'en serait-il pas de même avec les diamants, par hasard ? se demandait-il ; et dans l'affirmative, quel autre avait plus de chance de posséder ce sens supérieur que l'individu qui se glorifiait du titre de chasseur de diamants ? D'un tel homme il reconnaissait avoir tout à craindre et il aspirait à la venue du jour...

En attendant il ne négligea aucune précaution, cacha son diamant dans la poche la plus intérieure de ses vêtements, et avec piété invoqua la protection de la Providence.

Le train poursuivait sa course monotone et rapide ; et il avait accompli déjà presque la moitié du trajet, lorsque le sommeil triompha peu à peu de l'inquiétude dans le sein de M. Rolles. Durant quelque temps il résista à son influence ; mais la torpeur l'envahissait de plus en plus, et un peu avant York il éprouva le besoin de s'étendre sur l'une des couchettes et laissa ses yeux se fermer. Presque au même instant la conscience l'abandonna ; sa dernière pensée fut pour son terrifiant voisin.

Quand il se réveilla en sursaut, il était dans l'obscurité complète, à part la lueur de la lampe voilée ; et le grondement et l'oscillation continuels attestaient que le train filait toujours à pleine vitesse. Le jeune clergyman s'assit sur son séant, bouleversé, car il venait d'être tourmenté par un songe des plus pénibles ; il lui fallut plusieurs minutes avant de recouvrer son sang-froid. Puis il reprit la position horizontale, mais le sommeil s'obstinait à le fuir, et il resta éveillé, le cerveau en un état de violente agitation et les yeux fixés sur la porte du lavabo. Pour s'abriter de la lumière, il ramena davantage sur son front les larges bords de son chapeau ecclésiastique ; et il employa les expédients ordinaires tels que de compter jusqu'à mille et de ne plus penser à rien, grâce à quoi les insomniaques avisés ont coutume de provoquer la venue du sommeil. Tous furent vains dans le cas de

M. Rolles ; il était harcelé par dix sortes d'angoisse : le vieillard de l'autre bout de la voiture le hantait sous les formes les plus inquiétantes ; et il y avait beau changer d'attitude, le diamant caché dans sa poche lui causait une réelle douleur physique. Il le brûlait,étant trop gros, il lui meurtrissait les côtes ; et il y avait des fractions infinitésimales de seconde pendant lesquelles l'envie l'effleurait de le jeter par la fenêtre.

Tandis qu'il était ainsi couché, il se produisit un incident étrange.

La porte à coulisse donnant sur le lavabo bougea un peu, et puis encore un peu, et s'entrouvrit finalement l'espace d'environ cinquante centimètres. La lampe du lavabo était dépourvue de store, et dans l'ouverture éclairée ainsi démasquée, M. Rolles put voir la tête de M. Vandeleur dans une attitude de profonde attention. Il sentit le regard aigu du dictateur se poser sur son visage ; et l'instinct de la conservation le fit retenir son souffle, s'interdire le moindre mouvement, et garder les paupières baissées, pour surveiller son visiteur entre ses cils. Au bout d'un petit moment, la tête se retira et la porte du lavabo reprit sa place.

Le dictateur n'était pas venu pour attaquer, mais pour observer ; son acte n'était pas celui d'un homme qui en menace un autre, mais bien d'un homme qui est lui-même menacé ; si M. Rolles avait peur de lui, il ne semblait, de son côté, pas très tranquille sur le compte de M. Rolles. Il était venu, apparemment, s'assurer que son unique compagnon de voyage était endormi ; et, satisfait sur ce point, il s'était aussitôt retiré.

Le clergyman se leva d'un bond. Au summum de la terreur succédait en lui une réaction de téméraire audace. Il songea que le fracas du train en marche absorbait tout autre bruit, et se détermina, coûte que coûte, à rendre la visite qu'il venait de recevoir. Se dépouilllant de son manteau, qui eût pu entraver la liberté de ses mouvements, il pénétra dans le lavabo et fit halte pour écouter. Comme il s'y était attendu, on ne pouvait rien entendre à part le roulement précipité du train. Il empoigna donc la clenche de la porte opposée et se mit précautionneusement à la tirer en arrière d'environ quinze centimètres. Puis il s'arrêta et ne put retenir une exclamation de surprise.

Jack Vandeleur portait un passe-montagne de fourrure muni de rabats pour protéger les oreilles, et il est probable que ce détail contribua, joint au bruit de l'express, à le maintenir dans l'ignorance de ce qui se passait. Il est certain du moins qu'il ne leva pas la tête, mais poursuivit sans s'interrompre son étrange occupation. Entre ses pieds se trouvait un carton à chapeau ouvert ; d'une main il tenait la manche de son paletot en peau de phoque, et de l'autre un formidable coutelas, à l'aide duquel il venait précisément de fendre la doublure de la manche. M. Rolles avait lu que des personnes portent leur argent dans une ceinture ; et comme il ne connaissait en fait de ceintures que celles de cricket, il n'avait jamais bien compris comment ces gens faisaient. Mais il avait ici devant lui quelque-chose de plus singulier : car Jack Vandeleur, semblait-il, portait des diamants dans la doublure de sa manche ; et sous les yeux mêmes du jeune clergyman, une succession de gouttes scintillantes tomba dans le carton à chapeau.

M. Rolles resta cloué sur place, suivant des yeux cette manœuvre insolite. Les diamants étaient, pour la plupart, petits, et se distinguaient difficilement l'un de l'autre par la forme ou l'éclat. Tout à coup,

le dictateur sembla rencontrer une difficulté : il s'arrêta dans sa tâche pour employer les deux mains, mais ce ne fut qu'après des efforts répétés qu'il parvint à dégager de la doublure un large diadème de diamants, qu'il éleva en l'air quelques secondes pour l'examiner avant de le déposer avec les autres dans le carton à chapeau. Le diadème fut un trait de lumière pour M. Rolles ; il le reconnut aussitôt pour appartenir au trésor volé par le vagabond à Harry Hartley. Il n'y avait pas à s'y méprendre : il était exactement tel que le détective l'avait décrit ; il y avait les étoiles de rubis, avec une grosse émeraude au centre ; il y avait les croissants entrelacés ; et il avait les pendentifs en poire, chacun d'une seule pierre, qui donnaient un prix spécial au diadème de lady Vandeleur.

M. Rolles fut grandement soulagé. Le dictateur était aussi profondément compromis dans l'affaire que lui-même ; aucun des deux ne pourrait raconter d'histoires sur l'autre. Dans le premier éclat de sa joie, le clergyman laissa échapper un gros soupir ; et comme sa poitrine était embarrassée et sa gorge desséchée au cours de l'attente précédente, après avoir soupiré il toussa.

M. Vandeleur releva la tête, son visage se contracta de la colère la plus noire et la plus féroce ; ses yeux s'ouvrirent au large et sa mâchoire inférieure retomba, dans un étonnement voisin de la furie. D'un geste instinctif il avait jeté son paletot sur le carton. Durant une minute les deux hommes se considérèrent en silence. Le délai fut bref, mais il suffit à M. Rolles ; il était de ceux qui pensent vivement dans les occasions dangereuses ; il se décida pour une conduite d'une nature singulièrement osée ; et tout en sentant qu'il livrait sa vie au hasard il fut le premier à rompre le silence.

— Je vous demande pardon, dit-il.

Le dictateur frissonna légèrement ; et ce fut d'une voix rauque qu'il demanda :

— Que venez-vous faire ici ?

— Je prends un intérêt spécial aux diamants, répliqua M. Rolles, avec un air de parfait sang-froid. Deux amateurs doivent bien faire connaissance. J'ai ici un bibelot à moi qui me servira peut-être d'introduction.

Et ce disant, il tira tranquillement l'écrin de sa poche, montra au dictateur, durant un instant, le Diamant du Rajah, et le remit en sûreté.

— Il a naguère appartenu à votre frère, ajouta-t-il.

Jack Vandeleur continuait à le regarder d'un air d'ébahissement presque pénible, mais il s'abstint de parler comme de bouger.

— J'ai eu le plaisir de voir, reprit le jeune homme, que nous avions des pierreries de la même collection.

La surprise du dictateur l'abasourdissait.

— Je vous demande pardon, dit-il, je commence à m'apercevoir que je vieillis ! Je ne suis réellement pas préparé à de petits incidents comme celui-ci. Mais éclaircissez-moi sur un point : mes yeux me trompent-ils, ou vous êtes en effet un pasteur ?

— Je suis dans les ordres sacrés, répondit M. Rolles.

— Eh bien ! vrai, s'écria l'autre, aussi longtemps que je vivrai, je ne laisserai plus jamais dire un mot contre l'habit ecclésiastique.

— Vous me flattez, dit M. Rolles.

— Pardonnez-moi, répliqua Vandeleur, pardonnez-moi, jeune homme. Vous n'êtes pas un lâche, mais il reste encore à savoir si vous n'êtes pas le dernier des imbéciles. Peut-être, continua-t-il en se laissant aller dans son fauteuil, peut-être aurez-vous l'obligeance de me fournir quelques détails. Je dois supposer qu'il y avait un motif à la stupéfiante impudence de vos procédés, et j'avoue que je suis curieux de le connaître.

— Il est très simple, repartit le jeune clergyman, elle provient de ma grande inexpérience de la vie.

— Je ne demande qu'à vous croire, répondit Vandeleur.

Là-dessus, M. Rolles lui conta toute l'histoire de ses rapports avec le Diamant du Rajah, depuis l'heure où il l'avait découvert dans le jardin de M. Ræburn jusqu'à celle où il avait quitté Londres par le rapide d'Écosse. Il compléta par un bref aperçu de ses sentiments et de ses pensées durant le trajet, et conclut en ces termes :

— Quand je reconnus le diadème je compris que nous étions tous les deux dans la même posture vis-à-vis de la société, et ceci me donna l'espoir... vous me confirmerez, j'espère, son bien-fondé... que vous pourriez devenir en quelque sorte mon associé dans les inconvénients commme bien entendu dans les bénéfices de ma situation. Pour quelqu'un de votre compétence particulière et de votre expérience évidemment grande, la négociation du diamant ne devrait offrir que peu de difficultés, tandis que pour moi, c'était chose impossible. D'autre part, je jugeai qu'à découper le diamant, et cela trop probablement par une main inexperte, je perdrais presque autant que ce qui pourrait me permettre de vous payer de votre assistance avec une équitable générosité. Le sujet était indélicat à aborder ; et peut-être ai-je manqué de délicatesse. Mais vous ne devez pas oublier que pour moi la situation était nouvelle et que j'ignorais complètement le protocole en usage. Je crois sans vanité que j'aurais pu vous marier ou vous baptiser d'une façon très correcte ; mais chacun a ses aptitudes, et ce genre de marché ne figurait pas sur la liste de mes arts d'agrément.

— Ce n'est pas pour vous flatter, repartit Vandeleur ; mais, ma parole, vous avez des dispositions peu communes à devenir un criminel. Vous avez plus de talent que vous ne l'imaginez, et, bien que j'aie rencontré pas mal de scélérats en diverses parties du monde, je n'en ai jamais trouvé un d'aussi impudent que vous. Courage, monsieur Rolles, vous avez trouvé enfin votre vocation. Quant à vous aider, je suis à vos ordres. A Edimbourg, je n'en ai que pour un jour à m'occuper d'une petite affaire pour mon frère ; et dès que ce sera terminé, je retourne à Paris, où je réside habituellement. Si cela vous plaît, vous pourrez m'y accompagner. Et d'ici un mois j'aurai mené à bonne fin votre petite affaire.

(A ce point, contrairement à toutes les règles qui lui sont chères, notre auteur arabe interrompt l'Histoire du jeune homme dans les ordres sacrés. Je déplore et condamne cette pratique ; mais je dois suivre mon texte original et renvoyer le lecteur, pour la conclusion des aventures de M. Rolles, au prochain numéro de la série, l'Histoire de la maison aux jalousies vertes.)

HISTOIRE
DE LA MAISON
AUX JALOUSIES VERTES

Francis Scrymgeour, un employé de la banque d'Écosse à Edimbourg, avait atteint l'âge de vingt-cinq ans dans l'atmosphère d'une vie tranquille, honorable et domestique. Il avait perdu sa mère étant jeune ; mais son père, un homme de bon sens et de probité, lui avait fait donner une excellente éducation à l'école et l'avait élevé chez lui en des principes d'ordre et d'économie. Francis, qui était d'un tempérament docile et affectueux, bénéficia de ces avantages avec zèle et se dévoua cœur et âme à son métier. Une promenade le samedi après-midi, à l'occasion d'un dîner en famille et, chaque année, une excursion d'une quinzaine, dans les Highlands ou même sur le continent d'Europe, étaient ses principales distractions, tandis qu'il croissait rapidement en faveur auprès de ses chefs et recevait déjà des appointements de près de deux cents livres par an, avec espoir d'un avancement final à presque le double de cette somme. Peu de jeunes gens étaient plus satisfaits de leur sort, peu étaient de meilleure volonté et plus laborieux que Francis Scrymgeour. Parfois, le soir, quand il avait lu la gazette du jour, il jouait de la flûte pour distraire son père, dont les qualités lui inspiraient un grand respect.

Un jour, il reçut un pli d'une étude de notaire bien connue lui demandant la faveur d'une entrevue immédiate avec lui. La lettre, qui portait la mention : « Personnelle et confidentielle », lui avait été adressée à la banque et non pas chez lui. Deux circonstances insolites qui le firent répondre à cet appel avec d'autant plus d'empressement.

Le notaire, un homme d'une grande austérité d'allures, l'accueillit avec gravité, l'invita à prendre un siège et, dans le style choisi d'un homme d'affaires émérite, se mit à expliquer de quoi il s'agissait. Une personne, que l'on ne devait pas nommer, mais de qui le notaire avait toute raison de penser du bien... un homme, bref, d'une certaine situation dans le pays... désirait faire à Francis une pension annuelle de cinq cents livres. Le capital serait remis à la garde de l'étude notariale et de deux administrateurs qui devaient également rester anonymes. A cette libéralité il y avait des conditions adjointes, mais le notaire était d'avis que son nouveau client n'y trouverait rien d'excessif ni de déshonorant ; et il appuya sur ces deux adjectifs avec intention, comme s'il ne voulait pas s'aventurer plus loin.

Francis demanda la nature des conditions.

— Elles ne sont, répondit le notaire, comme je vous l'ai déjà répété par deux fois, ni déshonorantes ni excessives. Néanmoins, je ne vous dissimulerai pas qu'elles sont des plus insolites. En somme, toute l'affaire est très en dehors de mes habitudes ; et j'aurais certainement refusé de m'en charger si ce n'eût été pour la réputation du gentleman qui l'a confiée à mes soins, et, laissez-moi ajouter, monsieur Scrymgeour, pour l'intérêt que j'ai été amené à vous porter par suite de rapports des plus élogieux et, je n'en doute pas, bien mérités.

Francis le pria de spécifier.

— Vous ne pouvez imaginer, dit-il, le malaise que me causent ces conditions.

— Il y en a deux, répliqua le notaire, deux seulement ; et la somme, vous vous le rappelez, est de cinq cents livres par an... et libre de toute charge ; j'oubliais d'ajouter : libre de toute charge.

Et le notaire haussa les sourcils en le regardant avec un brio solennel.

— La première, reprit-il, est d'une simplicité remarquable. Vous devez être à Paris dans l'après-midi du dimanche 15 ; là, vous trouverez au bureau de la Comédie-Française un billet d'entrée pris à votre nom et vous attendant. Vous êtes prié d'assister à la représentation d'un bout à l'autre, dans le fauteuil retenu, et c'est tout.

— J'aurais assurément préféré un jour de semaine, répliqua Francis. Mais, après tout, une fois en passant...

— Et à Paris, mon cher monsieur, ajouta le notaire, conciliant. Je crois être moi-même quelque peu rigoriste, mais, en une telle circonstance et à Paris, je n'hésiterais pas un instant.

Et tous deux sourirent à la fois gaiement.

— L'autre a plus d'importance, continua le notaire. Elle concerne votre mariage. Mon client, qui prend un vif intérêt à votre avenir, désire vous conseiller absolument dans le choix d'une épouse. Absolument, vous m'entendez ? répéta-t-il.

— Soyons plus explicite, je vous prie, répliqua Francis. Dois-je épouser n'importe qui, jeune fille ou veuve, Négresse ou Blanche, que choisira pour moi cette personne invisible ?

— J'allais vous affirmer que la convenance d'âge et de situation serait un principe chez votre bienfaiteur, répliqua le notaire. Quant à la race, j'avoue que la difficulté ne m'est pas apparue, et j'ai omis de m'en enquérir, mais si vous y tenez, j'en prendrai note tout de suite, et vous serez fixé à la première occasion.

— Monsieur, dit Francis, reste à savoir si toute cette affaire n'est pas une très indigne supercherie. Les détails en sont invraisemblables, pour un peu j'allais dire incroyables ; et à moins que je n'y voie un peu plus clair et un motif plausible, j'avoue que je serais très marri de participer à la transaction. J'en appelle à vous dans cette incertitude pour me renseigner. Il faut que je sache ce qu'il y a au fond de tout cela. Si vous l'ignorez, ou si vous ne pouvez le deviner, ou si vous n'êtes pas libre de me le dire, je n'ai plus qu'à prendre mon chapeau et à m'en retourner à ma banque comme je suis venu.

— J'ignore, répondit le notaire, mais j'ai un très bon indice. C'est votre père, et nul autre, qui est à l'origine de cette affaire mystérieuse en apparence.

— Mon père ! s'écria Francis au comble du dédain. Le cher homme ! je connais toutes ses pensées et sa fortune jusqu'au dernier sou.

— Vous ne me comprenez pas, dit le notaire. Je ne parle pas de M. Scrymgeour père ; car il n'est pas votre père. Quand il est venu avec sa femme à Edimbourg, vous aviez déjà près d'un an et vous étiez confié à leurs soins depuis moins de trois mois. Le secret a été bien gardé, mais tel est le fait. Votre père est inconnu, et je vous répète que je le crois être à l'origine des offres que l'on m'a chargé de vous transmettre.

A cette révélation inattendue, la stupéfaction de Francis Scrymgeour fut démesurée. Il avoua son trouble au notaire.

— Monsieur, dit-il, après des nouvelles aussi surprenantes, vous devez m'accorder quelques heures de réflexion. Vous connaîtrez ce soir la décision que j'aurai prise.

Le notaire le félicita de sa prudence, et Francis, s'excusant sous un prétexte à la banque, s'en alla faire une longue promenade à la campagne pour examiner l'affaire à fond et à tous les points de vue. L'agréable sentiment de sa propre importance le rendait encore plus circonspect ; mais, dès le début, le résultat ne laissait aucun doute. Tout son être physique tendait instinctivement vers les cinq cents livres annuelles et vers les singulières clauses qu'on y avait mises ; il se découvrit envers le nom de Scrymgeour une invincible répugnance qu'il n'avait jamais ressentie jusque-là ; il commençait à mépriser les étroites et prosaïques occupations de sa vie antérieure ; et quand enfin sa résolution fut bien prise, il marcha avec un nouveau sentiment de force et d'indépendance, et l'avenir lui apparut sous les plus joyeuses couleurs.

Il n'eut qu'un mot à dire au notaire, qui lui remit aussitôt un chèque pour l'arriéré de deux termes ; car la pension était antidatée du 1er janvier. Avec ce papier dans sa poche, il s'en retourna chez lui. L'appartement de Scotland Street parut mesquin à ses yeux ; ses narines, pour la première fois, se révoltèrent contre l'odeur du graillon ; et il remarqua chez son père adoptif de petites défectuosités de tenue qui le remplirent de surprise et presque de dégoût. Le lendemain, décida-t-il, le verrait en route pour Paris.

Dans cette ville, où il arriva bien avant la date fixée, il descendit à un hôtel modeste fréquenté par des Anglais et des Italiens et se consacra à se perfectionner dans la langue française. A cet effet, il avait un professeur deux fois par semaine, entrait en conversation avec les flâneurs des Champs-Élysées et allait chaque soir au théâtre. Pour se mettre à la mode, il renouvela toute sa garde-robe, et il se faisait raser et coiffer, chaque matin, par un perruquier du voisinage. Cela lui donnait un peu un air étranger et semblait effacer la tare de ses années précédentes.

Finalement, le samedi après-midi, il se rendit au bureau de location du Théâtre-Français. A peine eut-il prononcé son nom que l'employé lui tendit le billet dans une enveloppe dont l'adresse était encore humide.

— On vient de me la remettre à l'instant, dit l'employé.

— Vraiment ! dit Francis. Puis-je vous demander à quoi ressemblait ce monsieur ?

— Votre ami est facile à décrire, répliqua le fonctionnaire. C'est un beau et robuste vieillard, avec des cheveux blancs et une balafre en travers du visage. Vous ne pouvez manquer de reconnaître quelqu'un de si caractérisé.

— Non, en effet, répliqua Francis, et je vous remercie de votre obligeance.

— Il ne peut être loin, ajouta l'employé. Si vous vous dépêchez, vous pourrez encore le rattraper.

Francis ne se le fit pas dire deux fois. Il sortit précipitamment du théâtre et courut au milieu de la chaussée pour regarder dans toutes les directions. Plus d'un homme à cheveux blancs était en vue ; mais il eut beau rattraper chacun d'eux à tour de rôle, tous manquaient de la balafre. Pendant près d'une demi-heure, il explora successivement toutes les rues du voisinage, jusqu'à ce qu'enfin, reconnaissant la folie de poursuivre les recherches, il partît en promenade pour apaiser le tumulte de ses sentiments car la perspective d'une rencontre avec l'auteur probable de ses jours avait profondément ému le jeune homme.

Le hasard voulut que son chemin remontât la rue Drouot et ensuite la rue des Martyrs ; et le hasard, pour cette fois, le servit mieux que toute la prévoyance du monde. Car, arrivé sur le boulevard de Clichy, il vit deux hommes installés sur un banc, qui causaient avec animation. L'un était brun, jeune et distingué, vêtu en laïc mais avec un cachet clérical indéniable ; l'autre correspondait trait pour trait à la description que lui avait faite l'employé.

Francis sentit son cœur battre violemment dans sa poitrine : il allait entendre la voix de son père. Ayant fait un grand détour, il s'assit sans bruit derrière les deux hommes en question, qui étaient trop absorbés dans leur entretien pour s'occuper de grand-chose d'autre. Comme Francis s'y était attendu, la conversation avait lieu en anglais.

— Vos soupçons commencent à m'agacer, Rolles, disait le vieillard. Je vous répète que je fais de mon mieux ; on ne peut mettre la main sur des millions d'une minute à l'autre. Ne vous ai-je pas adopté, vous un simple inconnu, par pure bonté d'âme ? Ne vivez-vous pas largement sur ma générosité ?

— Sur vos avances, monsieur Vandeleur, rectifia l'autre.

— Mettons avances, si vous voulez, et intérêt au lieu de bonté d'âme, si vous le préférez, riposta Vandeleur avec colère. Je ne suis pas ici pour choisir mes expressions. Les affaires sont les affaires, et la vôtre, laissez-moi vous le rappeler, est trop louche pour que vous vous permettiez de tels airs. Ayez confiance en moi ou bien laissez-moi tranquille et trouvez quelqu'un d'autre ; mais finis-

sons-en, pour l'amour de Dieu, avec vos jéré-
miades.

— Je commence à connaître le monde, répliqua
l'autre, je vois que vous avez toute raison de me
mentir et aucune de me traiter honnêtement. Moi
non plus je ne suis pas ici pour choisir mes expressions ; vous voulez le diamant pour vous seul ;
vous le savez, vous n'osez pas le nier. N'avez-vous
pas déjà contrefait ma signature et fouillé mon
logis en mon absence ? Je comprends le motif de
vos retards ; vous êtes à l'affût ; vous êtes le chasseur de diamants, parbleu ! et, tôt ou tard, par des
moyens loyaux ou non, vous comptez mettre la
main dessus. Je vous le déclare, il faut que tout cela
cesse ; si vous me poussez à bout, je vous réserve
une surprise.

— Vous êtes mal inspiré d'employer la menace,
riposta Vandeleur. Nous pouvons être deux à ce
jeu-là. Mon frère est ici, à Paris ; la police est en
éveil, et si vous persistez à l'assommer avec votre
musique, je vous réserve un petit étonnement, monsieur Rolles. Mais le mien sera définitif. Compre-
nez-vous, ou bien faut-il que je vous le répète en
hébreu ? Il y a une limite, à toutes choses, et vous
avez mis ma patience à bout. Mardi, à sept heures ;
pas un jour, pas une heure plus tôt ; pas la moindre
partie d'une seconde, serait-ce pour vous sauver la
vie. Et si vous ne voulez pas attendre, vous pouvez
aller au tréfonds des enfers pour ce qui me
concerne, et bonne chance !

Ayant dit ces mots, le dictateur se leva du banc
et s'en alla dans la direction de Montmartre,
hochant la tête et brandissant sa canne de l'air le
plus furieux. Son compagnon resta à sa place, dans
une attitude de grand accablement.

Francis était au comble de la surprise et de l'hor-

reur ; il venait d'être blessé au dernier degré dans ses sentiments ; le tendre espoir avec lequel il avait pris place sur le banc se métamorphosait en répulsion et en désespoir ; le vieux M. Scrymgeour, songeait-il, était un père beaucoup plus aimable et honorable que ce dangereux et farouche intrigant ; mais il garda sa présence d'esprit et, sans perdre une minute, se mit sur la piste du dictateur.

La fureur de ce gentleman l'entraînait à une vive allure, et il était si complètement occupé de ses pensées de colère qu'il ne jeta même pas un regard en arrière avant d'être arrivé à sa porte.

Sa maison, située vers le haut de la rue Lepic, dominait le panorama de tout Paris et jouissait de l'air pur des hauteurs. Elle avait deux étages, avec des persiennes vertes et des volets, et toutes les fenêtres donnant sur la rue étaient hermétiquement closes. Des cimes d'arbres dépassaient la haute muraille du jardin, qui était protégée par des chevaux de frise. Le dictateur fit halte un moment pour chercher la clef dans sa poche, et puis, ouvrant une grille, disparut dans la propriété.

Francis regarda autour de lui. Le voisinage était très désert, la maison isolée dans son jardin. Il crut que son espionnage allait prendre fin brusquement. A un second coup d'œil, néanmoins, il s'aperçut qu'une haute maison, à la porte voisine, offrait sur le jardin, un corps de logis, et, dans celui-ci une unique fenêtre. Il passa sur le devant et vit une pancarte annonçant des chambres meublées au mois ; et, renseignements pris, la pièce qui dominait le jardin du dictateur était l'une de celles à louer. Francis n'hésita pas un instant ; il prit la chambre, paya une avance sur le loyer et retourna à son hôtel chercher son bagage.

Le vieillard à la balafre pouvait être ou ne pas

être son père ; lui-même pouvait ou non être sur la vraie piste ; mais il était, à coup sûr, au bord d'un mystère passionnant, et il se promit de ne pas se relâcher de son guet avant d'avoir déchiffré l'énigme.

De la fenêtre de son nouvel appartement, Francis Scrymgeour avait une vue complète sur le jardin de la maison aux jalousies vertes. Juste au-dessus de lui, un marronnier très touffu ombrageait sous ses larges rameaux une couple de tables rustiques où les gens devaient dîner au fort de l'été. Une végétation épaisse cachait le sol de tous les côtés sauf un, entre les tables et la maison, où il vit une bande de gravier qui conduisait de la grille du jardin à la véranda. En étudiant le lieu à travers les lames des persiennes qu'il n'osait ouvrir de crainte d'attirer l'attention, Francis ne vit que peu de chose qui lui fît connaître les mœurs des habitants, et ce peu ne décelait guère qu'une stricte réserve et le goût de la solitude. Le jardin était conventuel, la maison avait un air de prison. Les jalousies vertes étaient toutes baissées sur le devant ; la porte intérieure de la véranda était close, le jardin, à ce qu'il pouvait voir, livré entièrement à lui-même sous le soleil du soir. S'élevant d'une unique cheminée, un mince filet de fumée attestait la présence d'êtres vivants.

Afin de ne pas rester entièrement inoccupé et pour donner une certaine apparence à son genre de vie, Francis avait acheté la *Géométrie* d'Euclide en français, et il se mit à la recopier et à la traduire, assis sur le plancher, contre le mur, avec le dessus de sa valise comme pupitre, car il manquait de table aussi bien que de chaise. De temps à autre, il se levait pour jeter un coup d'œil dans l'enclos de la

maison aux jalousies vertes ; mais les fenêtres restaient obstinément fermées et le jardin désert.

Ce fut seulement tard dans la soirée qu'il se produisit quelque chose pour le récompenser de son assiduité. Entre neuf et dix heures, le tintement d'une sonnette le tira d'un accès de somnolence. Il bondit à son observatoire à temps pour ouïr un imposant bruit de serrures que l'on ouvrait et de verrous que l'on tirait et pour voir M. Vandeleur, portant une lanterne et enveloppé dans une robe de chambre en velours noir, avec, sur le crâne, une calotte à l'avenant, sortir de la véranda et s'avancer posément vers la grille du jardin. Le bruit de pênes et de verrous se renouvela et, un moment après, Francis aperçut le dictateur qui introduisait dans la maison, à la clarté vacillante de la lanterne, un individu de l'apparence la plus vile et la plus méprisable.

Une demi-heure plus tard, le visiteur fut reconduit à la rue, et M. Vandeleur, déposant son falot sur l'une des tables rustiques, acheva lentement un cigare sous la ramure du marronnier. Grâce à une trouée entre les feuilles, Francis pouvait suivre ses gestes et le voir secouer la cendre ou tirer de copieuses bouffées ; il discerna un nuage sur le front du vieillard et un remuement contraint de ses lèvres qui témoignaient d'une suite de réflexions profondes et probablement pénibles. Le cigare était déjà presque au bout, quand retentit soudain une voix de jeune fille, qui criait l'heure du dedans de la maison.

— A l'instant, répondit Jack Vandeleur.

Et là-dessus, il jeta son mégot et, reprenant la lanterne, disparut sous la véranda pour la nuit. Sitôt la porte refermée, des ténèbres complètes enveloppèrent la maison ; Francis avait beau écarquiller les yeux, il lui était impossible d'apercevoir le moindre filet de lumière sous une jalousie ; et il en conclut, avec beaucoup de bon sens, que les chambres à coucher étaient toutes de l'autre côté.

Le lendemain matin de bonne heure (car il se réveilla tôt, après une nuit inconfortable passée sur le plancher), il eut motif d'adopter une explication différente. Manœuvrées de l'intérieur par un ressort, les jalousies se relevèrent l'une après l'autre et découvrirent des rideaux de fer comme on en voit aux devantures des magasins ; ceux-ci, à leur tour, s'enroulèrent par un mécanisme analogue et, durant l'espace d'environ une heure, les chambres restèrent ouvertes à l'air matinal. Au bout de ce laps de temps, M. Vandeleur, de sa propre main, referma les rideaux de fer et rabattit les jalousies de l'intérieur.

Francis s'émerveillait encore de ces précautions, lorsque la porte s'ouvrit et une jeune fille sortit pour regarder autour d'elle dans le jardin. Elle ne fut pas deux minutes avant de rentrer dans la maison, mais même en ce bref délai, il en vit assez pour se convaincre qu'elle possédait les attraits les plus singuliers. Non seulement cet incident excita sa curiosité, mais il améliora son humeur à un degré encore plus notable. Les façons alarmantes et la vie plus qu'équivoque de son père cessèrent désormais de lui ronger l'esprit ; à partir de ce moment, il adopta sa nouvelle famille avec ardeur ; et que la jeune fille dût devenir sa sœur ou sa femme, il la considéra comme un ange déguisé. C'était si vrai qu'il fut saisi d'une soudaine horreur quand il songea qu'en réalité il savait fort peu de chose et que peut-être il s'était trompé de personne en suivant M. Vandeleur.

Le concierge, qu'il consulta, ne put lui fournir que peu de renseignements, mais tels quels, ils sentaient le mystérieux et l'ambigu. La personne d'à côté, à son dire, était un gentilhomme anglais, d'une richesse extraordinaire, et original, en conséquence, dans ses goûts et ses habitudes. Il possédait d'importantes collections, qu'il gardait auprès de lui dans la maison ; et c'était pour les protéger qu'il avait muni la demeure de volets de fer, de fermetures compliquées et de chevaux de frise sur le mur du jardin. Il vivait très solitaire, à part quelques visiteurs étrangers, avec lesquels sans doute, il traitait des affaires. Il n'y avait personne d'autre dans la maison, excepté la demoiselle et une vieille servante.

— Est-ce que la demoiselle est sa fille ? demanda Francis.

— Assurément, répondit le concierge. Mademoiselle est la fille de la maison, et il est étrange de voir comme on la fait travailler. Malgré toutes ses richesses, c'est elle qui va au marché, et chaque jour de la semaine on peut la voir passer avec un panier au bras.

— Et les collections ? demanda l'autre.

— Monsieur, dit l'homme, elles sont d'une valeur immense. C'est tout ce que je peux vous dire. Depuis l'arrivée de M. Vandeleur, personne du quartier n'a même franchi sa porte.

— C'est possible, répliqua Francis, mais vous devez quand même bien avoir une idée de ce qu'il y a dans ce fameux musée. Sont-ce des tableaux, des soieries, des statues, des pierres précieuses, ou quoi ?

— Ma foi, monsieur, dit le personnage en haussant les épaules, ce seraient des carottes ou des navets que je ne pourrais vous le dire davantage.

Comment savoir ? Vous le voyez bien, la maison est gardée comme une forteresse.

Et alors, comme Francis, désappointé, allait regagner sa chambre, le concierge le rappela pour ajouter :

— Au fait, monsieur, je m'en souviens : M. Vandeleur a été dans toutes les parties du monde, et la vieille bonne a déclaré une fois devant moi qu'il avait rapporté de ses voyages une quantité de diamants. Si c'est vrai, il doit y avoir une jolie exposition derrière ces jalousies.

Le dimanche, Francis fut à sa place au théâtre, en avance. Le fauteuil retenu pour lui n'était qu'à deux ou trois numéros du bout de la rangée, à gauche, et juste en face de l'une des loges inférieures. Le fauteuil ayant été choisi à dessein, il y avait sans doute quelque chose à apprendre de sa situation. Francis jugea d'instinct que la baignoire à sa gauche devait se rattacher d'une façon ou d'une autre au drame dans lequel il jouait un rôle à son insu. Il se trouvait, en effet, placé de telle sorte que, s'ils en avaient envie, les occupants de la loge pouvaient en sécurité l'observer du commencement à la fin de la pièce, alors qu'en se retirant dans la profondeur ils pouvaient fort bien se soustraire à tout examen réciproque de sa part. Il se promit de ne pas la quitter des yeux un instant, et tandis qu'il scrutait le reste du théâtre ou faisait semblant de suivre ce qui se passait sur la scène, il gardait toujours le coin de l'œil sur la baignoire vide.

Le second acte avait commencé depuis quelque temps, et il tirait même à sa fin, lorsque la porte s'ouvrit et deux personnes entrèrent et se blottirent au plus épais de l'ombre. Francis eut peine à contenir son émotion. C'étaient M. Vandeleur et sa fille. Le sang battait dans ses artères et ses veines avec

une véhémence excessive; ses oreilles bourdon-
naient; la tête lui tournait. Il n'osait regarder de
peur d'éveiller les soupçons; son programme qu'il
ne cessait de lire et de relire d'un bout à l'autre,
passait devant ses yeux du blanc au rouge; et
quand il jeta un coup d'œil sur la scène, elle lui
apparaissait démesurément lointaine, et il trouva
les intonations et les gestes des acteurs au dernier
degré impertinents et ridicules.

De temps à autre, il risquait un regard furtif
dans la direction qui l'intéressait avant tout; et une
fois au moins il eut la certitude que ses yeux
avaient rencontré ceux de la jeune fille. Un frisson
le parcourut tout entier, et il vit toutes les couleurs
de l'arc-en-ciel. Que n'eût-il pas donné pour entendre ce que disaient les Vandeleur ? Que n'eût-il
pas donné pour avoir le courage de prendre sa
jumelle et d'examiner tranquillement leur attitude et leur physionomie ? Là, pour autant qu'il
savait, sa vie tout entière se décidait... et il était
incapable d'intervenir, incapable même de suivre le
débat, et condamné à rester assis et à souffrir dans
son fauteuil, en une angoisse impuissante.

L'acte se termina enfin. Le rideau tomba, ce fut
l'entracte, et les gens autour de lui commencèrent à
quitter leurs places. Il n'était que naturel qu'il suivît
leur exemple; et dans ce cas il était non seulement
naturel mais inévitable qu'il passât juste en face de
la baignoire en question. Rassemblant tout son
courage, mais tenant les yeux baissés, Francis se
rapprochait du point critique. Il avançait lentement, car le vieux monsieur qui le précédait marchait tout en soufflant avec une difficulté incroyable. Qu'allait-il faire ? Interpeller par leur nom
les Vandeleur en passant devant eux ? Prendre
la fleur de sa boutonnière pour la jeter dans la bai-

gnoire ? Relever la tête pour adresser un long regard amoureux à celle qui était ou bien sa sœur ou bien sa prétendue ? Comme il se débattait parmi toutes ces alternatives, il eut la vision de son ancienne existence paisible à la banque, et le regret du passé l'assaillit.

A ce moment il était arrivé juste en face de la baignoire; et bien qu'il n'eût pas encore décidé de ce qu'il ferait, ou même s'il ferait quelque chose, il tourna la tête et leva les yeux. Ce geste à peine achevé, il poussa un cri de déception et resta cloué sur place. La baignoire était vide. M. Vandeleur et sa fille avaient profité de sa lente avance pour s'éclipser sans bruit.

La personne qui le suivait lui fit poliment remarquer qu'il obstruait le passage. Il se remit en marche d'un pas automatique et laissa la foule l'emporter sans résistance jusque hors du théâtre. Une fois dans la rue, la poussée cessant, il fit halte, et l'air froid de la nuit le remit en possession de ses facultés. Il s'étonna de constater qu'il avait un violent mal de tête, et qu'il ne se rappelait pas un mot des deux actes auxquels il venait d'assister. A mesure qu'elle se dissipait, sa surexcitation faisait place à un désir de sommeil intolérable, et ce fut en un état d'extrême épuisement et assez dégoûté de l'existence qu'il héla un fiacre et se fit reconduire à son logis.

Le lendemain matin, il guetta le passage de Mlle Vandeleur qui devait se rendre au marché, et à huit heures il l'aperçut qui descendait une ruelle. Elle était modestement et presque pauvrement vêtue; mais dans le port de sa tête et de son corps il y avait quelque chose de souple et de noble qui eût donné de la distinction à la toilette la plus vulgaire.

Son panier même lui seyait comme une parure, tant elle portait avec grâce. Embusqué dans une porte, Francis croyait voir la lumière du soleil accompagner la jeune fille et les ombres se dissiper devant elle à mesure qu'elle avançait; et il s'aperçut pour la première fois qu'un oiseau chantait dans une cage dominant la ruelle.

Il la laissa dépasser la porte, puis s'avançant derrière elle il l'interpella par son nom :

— Mademoiselle Vandeleur !

Elle se retourna et, le reconnaissant, devint d'une pâleur mortelle.

— Pardonnez-moi, reprit-il. Dieu sait que je n'avais pas l'intention de vous causer ce saisissement; et d'ailleurs la présence de quelqu'un qui vous souhaite autant de bien que moi ne devrait avoir rien d'émotionnant. Et, croyez-moi, j'agis plutôt par nécessité que par choix. Nous avons beaucoup de choses en commun, et je suis dans une ignorance fâcheuse. Avec tout ce que je voudrais faire, j'ai les mains liées. Je ne sais même pas où adresser mes sentiments, ni quels sont mes amis et mes ennemis.

D'un effort, elle recouvra la parole, et dit :

— Je ne sais qui vous êtes.

— Oh ! si fait ! mademoiselle Vandeleur, vous le savez, reprit Francis, mieux que je ne le sais moi-même. D'ailleurs c'est là-dessus, avant tout, que je cherche la lumière. Dites-moi ce que vous savez, supplia-t-il. Dites-moi qui je suis, qui vous êtes, et comment nos sorts sont entremêlés. Aidez-moi un peu à vivre, mademoiselle Vandeleur... Rien qu'un mot ou deux pour me guider, rien que le nom de mon père, si vous voulez... et je serai reconnaissant et satisfait.

— Je ne chercherai pas à vous tromper, répliqua-t-elle. Je sais qui vous êtes, mais je ne suis pas libre de le dire.

— Dites-moi au moins que vous m'avez pardonné ma hardiesse, et j'attendrai avec toute la patience dont je dispose. Si je ne dois pas savoir, il faudra que je m'en passe. C'est cruel, mais je puis au besoin en supporter davantage. Mais n'ajoutez pas à mes maux la pensée que je me suis fait une ennemie de vous.

— Vous avez fait ce qui était naturel, dit-elle, et je n'ai rien à vous pardonner. Adieu.

— Est-ce vraiment adieu ? demanda-t-il.

— Cela, je l'ignore moi-même, répondit-elle. Adieu pour l'instant, si vous voulez.

Et sur ces mots elle disparut.

Francis regagna son logis, considérablement troublé. Cet après-midi-là il fit les plus médiocres progrès dans Euclide, et fut aussi souvent à la fenêtre qu'à sa table de travail improvisée. Mais quand il eut vu le retour de Mlle Vandeleur et la rencontre de celle-ci et de son père, qui fumait dans la véranda un cigare de Trichinopoly, il ne se passa plus rien de notable aux abords de la maison aux jalousies vertes avant l'heure du repas de midi. Le jeune homme alla manger sommairement dans un restaurant voisin, et s'en retourna avec la hâte d'une curiosité insatisfaite à la maison de la rue Lepic.

Devant le mur du jardin un palefrenier monté menait de long en large un cheval de selle; et le concierge de l'immeuble de Francis, fumant sa pipe contre le chambranle de la porte, s'absorbait dans la contemplation de la livrée et des coursiers.

— Regardez, cria-t-il au jeune homme, quelles bêtes ! quel costume élégant ! Elles appartiennent au frère de M. Vandeleur, qui est maintenant à l'intérieur en visite. C'est un grand homme, un général, dans votre pays; et vous le connaissez sans doute de réputation.

— J'avoue, répliqua Francis, que jamais jusqu'ici je n'ai entendu parler du général Vandeleur. Nous avons beaucoup d'officiers de ce grade et mes occupations ont été exclusivement civiles.

— C'est lui, reprit le concierge, qui a perdu le gros diamant des Indes. Cela du moins vous devez l'avoir lu dans les journaux.

Dès qu'il eut réussi à se débarrasser du concierge, Francis courut en haut et se mit à la fenêtre. Juste au-dessous de l'espace libre dans le feuillage du marronnier, les deux gentlemen, assis, causaient en fumant leur cigare. Le général, homme apoplectique, à la mine martiale, ressemblait à son frère par un certain air de famille; il avait un peu les mêmes traits, quelque chose, mais très peu, du même port puissant et dégagé, mais il était plus vieux, plus petit et plus vulgaire d'aspect; l'analogie tenait de la caricature, et il semblait tout compte fait un pauvre et débile individu à côté du dictateur.

Accoudés sur la table et apparemment fort intéressés, ils parlaient si bas que Francis ne put saisir que quelques mots au passage. Le peu qu'il en entendit suffit à le persuader que l'entretien roulait sur lui-même et sur son avenir; à plusieurs reprises le nom de Scrymgeour lui parvint aux oreilles, car il était facile à distinguer, et encore plus souvent il se figura entendre prononcer le nom de Francis.

A la fin, le général, comme très en colère, éclata en plusieurs exclamations violentes.

— Francis Vandeleur, s'écria-t-il, en accentuant le dernier mot. Francis Vandeleur, je vous dis !

Le dictateur fit un mouvement de tout son corps,

mi-affirmatif, mi-méprisant, mais sa réponse ne parvint pas au jeune homme.

Était-il le Francis Vandeleur en question ? Il se le demandait. Discutaient-ils sous quel nom il devait se marier ? Ou tout cela n'était-il qu'un songe et une illusion de son égoïsme et de son orgueil ?

Après un autre intervalle de propos insaisissables, un désaccord parut à nouveau entre les deux hommes de dessous le marronnier, et à nouveau le général en colère éleva la voix de façon à être entendu de Francis.

— Ma femme ? s'écria-t-il. J'en ai fini pour de bon avec ma femme. Je ne veux plus l'entendre nommer. Son nom seul m'écœure.

Et il lança un juron en abattant son poing sur la table.

Le dictateur sembla, d'après ses gestes, l'apaiser d'une façon paternelle; et peu après il le reconduisit à la grille du jardin. Tous deux se serrèrent les mains assez amicalement; mais sitôt la porte refermée sur son visiteur, Jack Vandeleur fut pris d'un accès de rire qui parut aux oreilles de Francis Scrymgeour assez peu cordial et même plutôt diabolique.

Un jour de plus s'était écoulé sans apprendre grand-chose de nouveau au jeune homme. Mais il se rappela que c'était le lendemain mardi, et il se promit quelques découvertes curieuses; que tout se passât bien ou mal, il était du moins assuré d'obtenir de curieux renseignements et peut-être, par bonne fortune, de percer à fond le mystère qui entourait son père et sa parenté.

Quand l'heure du dîner approcha, on fit maints préparatifs dans le jardin de la maison aux jalousies vertes. La table qui était en partie visible pour Francis à travers le feuillage du marronnier était destinée à servir de buffet, et portait les assiettes de rechange et les accessoires pour la salade ; l'autre, presque entièrement invisible, avait été dressée pour les dîneurs, et Francis pouvait entrevoir par bribes la nappe blanche et la vaisselle d'argent.

M. Rolles arriva, ponctuel à la minute ; il semblait sur ses gardes, et parlait bas et avec réserve. Le dictateur, d'autre part, semblait d'une humeur particulièrement gaie ; son rire, juvénile et agréable à entendre, s'élevait fréquemment du jardin ; d'après le timbre et les modulations de sa voix on devinait qu'il racontait un tas d'histoires drolatiques et imitait les accents d'une quantité de pays différents ; le jeune clergyman et lui n'avaient pas encore achevé le vermouth que tout sentiment de méfiance avait disparu et qu'ils causaient ensemble comme une paire de camarades d'école.

Enfin Mlle Vandeleur parut, apportant la soupière. M. Rolles s'empressa de lui offrir son aide, qu'elle refusa en riant ; et le trio échangea des plaisanteries qui semblaient se rapporter à cette manière primitive de faire servir par une personne de la société.

— On est plus à son aise ainsi, déclara la voix de M. Vandeleur.

Au bout d'une minute, ils étaient tous à leurs places, et Francis ne vit ni n'entendit plus rien de ce qui se passait. Mais le dîner semblait fort gai ; de dessous le marronnier montait un babillage continuel de voix avec le bruit des couteaux et fourchettes, et Francis, qui n'avait qu'un croissant à grignoter, fut pris d'envie devant le bien-être et la lenteur du repas. La compagnie s'attarda tour à tour sur chaque plat, puis sur un fin dessert accompagné d'une bouteille de vin vieux que déboucha soigneusement de sa main le dictateur lui-même. Comme il commençait à faire noir on disposa une lampe sur la table et une paire de bougies sur le buffet ; car la nuit était entièrement pure, étoilée et sans vent. Il venait aussi de la lumière par la porte et la fenêtre de la véranda, si bien que le jardin était tout illuminé et que les feuilles reluisaient dans les ténèbres.

Pour la dixième fois peut-être, Mlle Vandeleur rentra dans la maison. Cette fois elle en ressortit avec le plateau à café, qu'elle plaça sur le buffet. Au même moment son père se leva de sa chaise, et Francis l'entendit qui disait :

— Le café est de mon ressort.

Et dans le même moment le jeune homme vit son père supposé debout contre le buffet dans la clarté des bougies.

Tout en causant, la tête à demi détournée, M. Vandeleur versa deux tasses du noir breuvage, et puis, comme par un tour de prestidigitation, vida dans la plus petite des deux le contenu d'une fiole minuscule. Ce fut si vivement exécuté que Francis lui-même, qui le regardait en plein visage, ne s'aperçut guère du geste que quand il était déjà terminé. Et dans le même moment, toujours riant, M. Vandeleur s'était de nouveau retourné vers la table, une tasse dans chaque main.

— Avant d'en finir avec ceci, dit-il, nous verrons sans doute arriver notre fameux israélite.

Il faut renoncer à dépeindre le trouble et le désespoir de Francis Scrymgeour. Il voyait une trahison se commettre sous ses yeux, et il se sentait le devoir d'intervenir, mais il ignorait comment. Cela pouvait n'être qu'une plaisanterie, et alors de quoi aurait-il l'air s'il allait donner un avertissement inutile ? Ou bien encore, si c'était sérieux, il se pouvait que le criminel fût son père, et alors quels ne seraient pas ses regrets s'il devait causer la perte de l'auteur de ses jours ? Pour la première fois il se rendit compte de son propre rôle d'espion. Rester inactif en une telle conjoncture et en proie à un pareil conflit de sentiments, c'était souffrir la plus atroce torture ; il se cramponna aux lattes des persiennes, son cœur battit plus vite et avec irrégularité, et une sueur abondante perla sur tout son corps. Plusieurs minutes s'écoulèrent.

Il crut s'apercevoir que la conversation languissait et perdait de son abondance et de sa vivacité, mais toujours aucun indice d'événement inquiétant ni même notable.

Tout à coup, au tintement d'un verre qui se brise succéda un léger bruit mat, comme si quelqu'un s'était abattu en avant, la tête sur la table. Au même instant, un cri aigu s'éleva du jardin.

— Qu'avez-vous fait ? s'exlama Mlle Vandeleur. Il est mort !

Le dictateur répliqua en un chuchotement furieux, si fort et sifflant que chaque mot parvint jusqu'à la fenêtre.

— Silence ! disait M. Vandeleur, cet homme se porte aussi bien que moi. Prenez-le par les pieds, moi je le porterai par les épaules.

Francis entendit Mlle Vandeleur éclater en une crise de larmes.

— Entendez-vous ce que je vous dis ? réitéra le dictateur du même ton. Ou faut-il que je me fâche ? Je vous donne le choix, mademoiselle Vandeleur.

Il y eut une nouvelle pause, et à nouveau le dictateur parla :

— Prenez cet homme par les pieds, dit-il. Je veux qu'on le transporte dans la maison. Si j'étais un peu plus jeune, je n'aurais besoin de personne pour résister au monde entier. Mais puisque les ans ont affaibli mes forces je dois dans ce danger vous demander votre aide.

— C'est un crime, repartit la jeune fille.

— Je suis votre père, dit M. Vandeleur.

Ce rappel produisit son effet. Il y eut un bruit confus de piétinements sur le gravier, une chaise tomba, et Francis vit le père et la fille traverser l'allée et disparaître sous la véranda, portant péniblement le corps inanimé de M. Rolles. Le jeune clergyman était inerte et livide, et à chaque pas sa tête ballottait sur ses épaules.

Etait-il vivant ou mort ? En dépit de l'affirmation du dictateur, Francis inclinait à cette dernière hypothèse. Un grand crime venait de se commettre ; un grand malheur s'était abattu sur les habitants de la maison aux jalousies vertes. A son étonnement, Francis constata que toute son horreur devant le forfait s'absorbait dans son chagrin pour une jeune fille et un vieillard qu'il jugeait au summum du péril. Une onde de généreuse pitié reflua dans son cœur ; lui aussi il aiderait son père à l'encontre de tout et de tous, à l'encontre du destin et de la justice ; et repoussant les persiennes il ferma les yeux et s'élança les bras étendus dans le feuillage du marronnier.

Successivement les branches échappaient à sa prise ou se brisaient sous son poids ; puis un rameau résistant s'accrocha sous son aisselle, il resta suspendu une seconde ; et enfin il se laissa tomber et s'abattit lourdement contre la table. Un cri de frayeur jailli de la maison l'avertit que son arrivée n'avait pas passé inaperçue. Il se releva titubant, et en trois bonds franchit l'intervalle qui le séparait de la porte de la véranda.

Dans une petite pièce, tapissée de nattes et garnie de vitrines pleines de curiosités rares et précieuses, M. Vandeleur était penché sur le corps de M. Rolles. A l'entrée de Francis, le dictateur se redressa, et instantanément quelque chose changea de mains. Ce fut l'affaire d'une seconde ; la chose se passa en moins d'un clin d'œil, si vite que le jeune homme n'en était même pas sûr, mais il lui sembla voir le dictateur prendre un objet dans une poche de l'ecclésiastique, l'examiner pendant la durée d'une fraction infinitésimale de seconde qu'il le garda en main, et puis le passer à sa fille, vivement et subrepticement.

Le tout fut terminé, que Francis avait encore un pied sur le seuil, et l'autre levé en l'air. L'instant d'après, il était à genoux devant M. Vandeleur.

— Père ! s'écria-t-il. Laissez-moi vous secourir. Je ferai ce que vous me direz, sans vous poser de questions ; je vous obéirai jusqu'à la mort ; traitez-moi comme un fils, et vous trouverez en moi le dévouement d'un fils.

Une formidable explosion de jurons fut la première réponse du dictateur.

— Fils et père ? s'écria-t-il. Père et fils ! Quelle n... d... D... d'absurde comédie est-ce là ? Comment êtes-vous venu dans mon jardin ? Qu'est-ce que vous me voulez ? Et, de par le diable, qui êtes-vous ?

Abasourdi et déconfit, Francis se releva et resta silencieux.

Alors, une lumière parut se faire en M. Vandeleur, qui éclata de rire.

— Je vois, dit-il. C'est le Scrymgeour. Parfait, monsieur Scrymgeour. Laissez-moi vous dire en quelques mots où vous en êtes. Vous avez pénétré

dans mon domicile privé par la violence, ou peut-être seulement par ruse, mais en tout cas sans invitation de ma part ; et vous arrivez à un moment pénible, alors qu'un invité s'est trouvé mal à ma table, m'assiéger de vos protestations. Vous êtes le bâtard de mon frère et d'une poissonnière, si vous voulez le savoir. Je vous considère avec une indifférence voisine de l'aversion et à ce que je viens de voir de votre conduite, je juge que votre esprit répond exactement à votre mine. Je vous offre ces mortifiantes réflexions pour charmer vos loisirs ; et en attendant, laissez-moi vous prier de nous débarrasser de votre présence. Si je n'étais occupé, ajouta le dictateur avec un effroyable juron, je vous administrerais la plus sacrée volée avant votre départ.

Francis l'écouta, profondément humilié. Il aurait voulut fuir ; mais comme il n'avait aucun moyen de quitter la demeure où il s'était si malencontreusement introduit, il ne put faire autre chose que de rester sottement où il était.

Ce fut Mlle Vandeleur qui rompit le silence.

— Père, dit-elle, vous parlez en colère. M. Scrymgeour peut s'être mépris, mais son intention était bonne et amicale.

— Merci de vos paroles, riposta le dictateur. Vous me faites souvenir d'autres observations que je me fais un point d'honneur de transmettre à M. Scrymgeour. Mon frère, continua-t-il en s'adressant au jeune homme, a été assez bête pour vous allouer une pension ; il a été assez bête et assez présomptueux pour projeter une union entre vous et cette jeune personne. On vous a déjà exhibé à elle l'autre soir, et je me réjouis de vous dire qu'elle en a repoussé l'idée avec horreur. Permettez-moi d'ajouter que j'ai beaucoup d'influence sur votre père ; et ce ne sera pas de ma faute si avant la fin de la semaine vous n'êtes pas privé de votre pension et renvoyé à votre métier de scribe.

Le ton du vieillard était, s'il se peut, encore plus blessant que son langage ; Francis se sentit l'objet du mépris le plus cruel, le plus flétrissant et le plus intolérable ; la tête lui tourna, et il se cacha le visage entre les mains, tout en poussant un sanglot de détresse. Mais Mlle Vandeleur intervint de nouveau en sa faveur.

— Monsieur Scrymgeour, lui dit-elle, parlant à claire et intelligible voix, il ne faut pas vous affecter des expressions de mon père. Je ne ressens pour vous aucune horreur ; au contraire, j'ai sollicité une occasion de faire mieux connaissance avec vous. Quant à ce qui s'est passé ce soir, croyez-moi, cela m'a remplie pour vous de pitié non moins que d'estime.

A ce moment précis, M. Rolles eut un mouvement convulsif du bras, qui persuada Francis qu'il était seulement endormi, et que l'influence du narcotique commençait à se dissiper, M. Vandeleur se pencha sur lui et examina un instant son visage.

— Allons ! allons ! s'écria-t-il, en relevant la tête. Finissons-en. Et puisque vous êtes si enchantée de sa conduite, mademoiselle Vandeleur, prenez une bougie et mettez dehors le bâtard.

La demoiselle s'empressa d'obéir.

— Merci, lui dit Francis, dès qu'il fut seul avec elle dans le jardin. Merci de toute mon âme. Cette soirée a été la plus amère de mon existence, mais elle me laissera aussi un agréable souvenir.

— J'ai parlé selon ma conscience, répliqua-t-elle, et pour vous rendre justice. J'avais le cœur serré de vous voir infliger un traitement si indigne.

Ils étaient alors arrivés à la grille du jardin; et Mlle Vandeleur, ayant déposé le bougeoir à terre, était déjà en train de défaire les verrous.

— Encore un mot, dit Francis. Ce n'est pas pour la dernière fois... Je vous reverrai encore, n'est-ce pas ?

— Hélas ! répondit-elle. Vous avez entendu mon père. Que puis-je faire, sinon d'obéir ?

— Dites-moi du moins que ce n'est pas avec votre consentement, repartit Francis; dites-moi que vous n'avez pas le désir de ne plus me revoir.

— En vérité, répliqua-t-elle, je ne l'ai aucunement. Vous me semblez à la fois brave et honnête.

— Alors, dit Francis, donnez-moi un gage d'amitié.

Elle s'arrêta une minute, la main sur la clef; car les barres et les verrous étaient tous défaits, et il ne lui restait plus qu'à ouvrir la serrure.

— Si je consens, dit-elle, me promettez-vous de faire point en point comme je vous le dirai ?

— Pouvez-vous me le demander ? reprit Francis. Je le ferais aussi volontiers sur un simple mot de vous.

Elle tourna la clef et ouvrit la porte.

— Ainsi soit-il, fit-elle. Vous ne savez pas ce que vous demandez, mais ainsi soit-il. Quoi que vous entendiez, reprit-elle, quoi qu'il arrive, ne revenez pas à cette maison; dépêchez-vous vite d'arriver dans les quartiers de la ville éclairés et peuplés; et même là tenez-vous sur vos gardes. Vous êtes plus en danger que vous ne le croyez. Promettez-moi que vous ne regarderez même pas mon gage d'amitié avant d'être en lieu sûr.

— Je vous le promets, répliqua Francis.

Elle mit dans la main du jeune homme un objet sommairement enveloppé d'un mouchoir; et en même temps, avec plus de force qu'il ne l'eût attendu, elle le poussa dans la rue.

— Maintenant, courez ! s'écria-t-elle.

Il entendit la porte se refermer derrière lui et le bruit des verrous claquant dans leurs gâches.

« Ma foi, se dit-il, puisque j'ai promis ! »

Et prenant ses jambes à son cou, il descendit la venelle qui conduit à la rue Ravignan.

Il n'était pas encore à cinquante pas de la maison aux jalousies vertes que le charivari le plus diabolique éclata soudain dans le silence de la nuit. Machinalement il fit halte; un autre passant suivit son exemple; aux étages voisins il vit des gens se presser aux fenêtres, un incendie n'aurait pas produit plus d'émoi dans ce quartier désert. Et pourtant, les clameurs semblaient être le fait d'un seul homme qui rugissait à la fois de douleur et de rage, telle une lionne dépouillée de ses petits; et Francis fut surpris et alarmé d'entendre son propre nom crié au vent avec des imprécations en anglais.

Son premier mouvement fut de retourner à la maison, son second, en se rappelant l'avis de Mlle Vandeleur, de reprendre sa fuite avec plus de célérité que précédemment ; il était sur le point de se retourner pour mettre sa pensée à exécution, quand le dictateur, tête nue, ses cheveux blancs envolés autour de sa tête, et beuglant de toutes ses forces, passa auprès de lui comme un boulet de canon, et poursuivit sa course vers le bas de la rue.

— Je l'ai échappé belle, se dit Francis en lui-même. Ce qu'il me veut, ni pourquoi il peut bien être si troublé, je n'arrive pas à le concevoir; mais il n'est évidemment pas de bonne compagnie pour le moment, et je ne puis faire mieux que de suivre le conseil de Mlle Vandeleur.

Là-dessus, il se mit à retourner sur ses pas, comptant faire une feinte et descendre par la rue Lepic elle-même tandis que son persécuteur continuait à chercher après lui sur l'autre secteur de la rue. Le plan était mal combiné : en réalité il aurait dû plutôt s'installer dans le café le plus proche et y attendre que le premier feu de la poursuite se fût évaporé. Mais outre que Francis manquait d'expérience et n'avait guère d'aptitude naturelle dans la petite stratégie de la vie courante, il s'estimait si peu coupable qu'il ne voyait rien de plus à craindre qu'une entrevue déplaisante. Et en matière d'entrevues déplaisantes, il croyait avoir déjà fait son apprentissage ce soir-là, et il ne pouvait supposer non plus que Mlle Vandeleur ne lui eût pas tout dit. En fait, le jeune homme était endolori de corps et d'âme... l'un meurtri, l'autre criblée de traits acérés; et il s'avouait à lui-même que M. Vandeleur possédait une langue très mordante.

La pensée de ses meurtrissures le fit ressouvenir qu'il était non seulement sorti sans chapeau, mais que ses habits avaient passablement souffert de sa descente à travers le marronnier. Au premier magasin venu il s'acheta un feutre à large bord bon marché, et fit réparer sommairement le désordre de sa toilette. Quant au gage d'amitié, toujours enveloppé dans le mouchoir, il le fourra provisoirement dans sa poche de pantalon.

Quelques pas après être sorti du magasin il perçut un brusque heurt, une main le saisit à la gorge, une face furieuse s'approcha de la sienne et une bouche ouverte lui braila des injures aux oreilles. N'ayant trouvé aucune trace de son gibier, le dictateur était revenu dans l'autre sens. Quoique jeune et vigoureux, Francis ne valait pas son adversaire ni en force ni en adresse ; et après s'être un peu débattu en vain, il se livra entièrement à son geôlier, et lui demanda :

— Que me voulez-vous ?

— Nous en parlerons à la maison, repartit férocement le dictateur.

Et il entraîna le jeune homme vers le haut de la rue, dans la direction de la maison aux jalousies vertes.

Francis avait cessé de lutter, mais il n'attendait que l'occasion où un coup d'audace lui rendrait la liberté. D'une secousse brusque il laissa le collet de sa veste aux mains de M. Vandeleur, et une fois de plus détala à toute vitesse dans la direction des boulevards.

La situation était renversée. Si le dictateur était le plus fort, Francis, dans la plénitude de sa jeunesse, était le plus agile, et il eut tôt fait de réaliser son évasion parmi les foules. Délivré pour l'heure, mais opprimé par une inquiétude et un étonnement croissants, il trotta d'un bon pas jusqu'au moment où il déboucha sur la place de l'Opéra, éclairée à giorno par les lampes électriques.

— Voilà, du moins, songea-t-il en lui-même, de quoi satisfaire Mlle Vandeleur.

Et prenant à sa gauche par les boulevards il entra au Café Américain et se fit servir un bock. Il était à la fois tard et tôt pour la majorité des clients de l'établissement. Dans la salle cinq ou six personnes seulement, et rien que des hommes étaient disséminés çà et là, chacun à une table séparée; et Francis était trop préoccupé de ses pensées pour remarquer leur présence. Il tira le mouchoir de sa poche. L'objet qu'il en tira était un écrin de maroquin noir à fermoir et ornements d'or, qui s'ouvrait par un ressort, et qui révéla au jeune homme épouvanté un diamant d'une grosseur monstrueuse et d'un éclat exceptionnel. Le fait était si inexplicable, la valeur de la pierre était évidemment si énorme, que Francis resta béant devant l'écrin ouvert, sans

mouvement, sans pensée consciente, tel un homme frappé tout à coup d'idiotie.

Une main, légère mais ferme, se posa sur son épaule, et une voix paisible, où il y avait pourtant un accent d'autorité, lui glissa ces mots à l'oreille :

— Fermez l'écrin, et surveillez votre visage.

Levant les yeux, il vit un homme encore jeune, à la mine courtoise et calme et vêtu avec une opulente simplicité. Ce personnage s'était levé d'une table voisine, et apportant son verre avec lui, avait pris place auprès de Francis.

— Fermez l'écrin, répéta l'étranger, et remettez-le tranquillement dans votre poche, où je suis persuadé qu'il n'aurait jamais dû être. Essayez, je vous prie, de ne pas prendre cet air égaré, et d'agir comme si j'étais l'une de vos connaissances que vous eussiez rencontrée par hasard. Bien ! Trinquez avec moi. Cela va mieux. Je crains, monsieur, que vous ne soyez un amateur.

Et l'étranger, ayant prononcé ces derniers mots avec un singulier sourire, se laissa aller contre le dossier de la banquette, en tirant une longue bouffée de son cigare.

— Pour l'amour de Dieu, prononça Francis, dites-moi qui vous êtes et ce que cela signifie ? Pourquoi je devrais obéir à vos suggestions les plus insolites, à coup sûr je l'ignore; mais il est vrai que je me suis trouvé ce soir à tant d'aventures énigmatiques, et tous ceux que je rencontre se conduisent si étrangement, qu'il faut bien que je sois devenu fou, ou bien que je me sois égaré dans une autre planète. Votre figure m'inspire confiance; vous semblez sage, bon, expérimenté; dites-moi, au nom du Ciel, pourquoi vous m'accostez de si étrange façon ?

— Chaque chose en son temps, répondit l'étranger. Mais j'ai la priorité, et c'est vous qui devez d'abord me dire comment le Diamant du Rajah se trouve en votre possession.

— Le Diamant du Rajah ! répéta Francis.

— A votre place je ne parlerais pas si haut, répliqua l'autre. Mais sans aucun doute vous avez dans votre poche le Diamant du Rajah. Je l'ai vu et manié vingt fois dans la collection de sir Thomas Vandeleur.

— Sir Thomas Vandeleur, le général ! Mon père ! s'écria Francis.

— Votre père ? répéta l'étranger. Je ne savais pas que le général avait un fils.

— Je suis illégitime, monsieur, repartit Francis, en rougissant.

L'autre s'inclina gravement. C'était un salut respectueux, comme quand on s'excuse muettement auprès de son égal; et Francis se sentit allégé et réconforté, sans trop savoir pourquoi. La société de cette personne lui faisait du bien; il semblait reprendre pied; un fort sentiment de respect croissait en lui, et machinalement il enleva son feutre comme en présence d'un supérieur.

— Je vois, dit l'étranger, que vos aventures n'ont pas toutes été pacifiques. Votre col est déchiré, votre figure égratignée, vous avez une écorchure à la tempe; vous pardonnerez sans doute ma curiosité si je vous demande de m'expliquer comment vous avez reçu ces accrocs, et comment il se fait que vous ayez dans votre poche un objet volé d'un prix énorme.

— Je ne puis vous laisser dire cela ! répliqua Francis avec chaleur. Je ne détiens aucun objet volé. Et si c'est de ce diamant que vous parlez, il m'a été donné depuis moins d'une heure par Mlle Vandeleur, de la rue Lepic.

— Par Mlle Vandeleur, de la rue Lepic ! répéta l'autre. Vous m'intéressez plus que vous ne croyez. Continuez.

— Ciel ! s'écria Francis.

La mémoire lui revenait tout à coup. Il avait vu M. Vandeleur prendre quelque chose dans la poche de son visiteur endormi, et cet objet, il s'en souvenait maintenant, était un écrin de maroquin.

— Vous avez un indice ? interrogea l'étranger.

— Écoutez, reprit Francis. Je ne sais pas qui vous êtes, mais je vous crois digne de confiance et secourable ; je me trouve à la dérive ; il me faut conseil et soutien ; et puisque vous m'y invitez je vous dirai tout.

Et il narra brièvement ses aventures depuis le jour où il avait reçu à la banque la convocation du notaire.

— Votre histoire est en effet singulière, dit l'étranger quand le jeune homme eut terminé son récit ; et votre position est pleine de difficultés et de dangers. Beaucoup vous conseilleraient d'aller trouver votre père et de lui remettre le diamant ; mais je suis d'un autre avis... Garçon ! cria-t-il.

Le garçon s'approcha.

— Voulez-vous demander au gérant de venir me parler une minute ! reprit-il.

Et Francis remarqua une fois de plus que son ton aussi bien que ses allures décelaient l'habitude du commandement.

Le garçon s'éloigna, et revint bientôt avec le gérant, qui s'inclina très respectueusement et dit :

— En quoi puis-je vous être utile ?

— Ayez la bonté, répliqua l'étranger, en désignant Francis, de dire mon nom à ce monsieur.

— Vous avez l'honneur, monsieur, dit le gérant, s'adressant au jeune Scrymgeour, d'occuper la même table que Son Altesse le prince Florizel de Bohême.

Francis se leva précipitamment, et fit une gracieuse révérence au prince, qui l'invita à se rasseoir.

— Je vous remercie, dit Florizel, s'adressant derechef au gérant. Je regrette de vous avoir dédérangé pour si peu de chose. Et maintenant, ajouta le prince, se tournant vers Francis, donnez-moi le diamant.

Sans un mot l'écrin lui fut remis.

— Vous avez bien agi, dit Florizel, vos sentiments vous ont inspiré comme il faut, et vous ne regretterez pas vos mésaventures de cette nuit. Il peut arriver, monsieur Scrymgeour, qu'un homme tombe en mille traverses, mais s'il a le cœur droit et l'esprit lucide, il en sortira toujours à son honneur. Tranquillisez-vous : je prends vos affaires en main ; et avec l'aide du Ciel je suis assez fort pour les amener à bonne fin. Suivez-moi, je vous prie, jusqu'à ma voiture.

En disant ces mots le prince se leva, et ayant laissé une pièce d'or pour le garçon, il emmena le jeune homme hors du café et, par le boulevard, jusqu'à l'endroit où un modeste coupé et une paire de laquais sans livrée attendaient sa venue.

— Cette voiture, dit-il, est à votre disposition ; rassemblez vos bagages aussi rapidement que cela vous sera possible, et mes serviteurs vous conduiront à une villa des environs de Paris où vous pourrez attendre avec un certain confort que j'aie le temps d'arranger votre situation. Vous y trouverez un jardin agréable, une bibliothèque de bons auteurs, un cuisinier, une cave, et de bons cigares, que je vous recommande. Jérôme, ajouta-t-il, se tournant vers l'un des laquais, vous avez entendu ce que je dis : je laisse M. Scrymgeour à votre garde ; vous prendrez soin, n'est-ce pas, de mon ami.

Francis émit quelques paroles entrecoupées de gratitude.

— Il sera temps de me remercier, dit le prince, quand vous serez reconnu par votre père et marié à Mlle Vandeleur.

Et là-dessus le prince s'éloigna et partit tranquillement dans la direction de Montmartre. Il arrêta le premier fiacre qui passait, donna une adresse, et un quart d'heure plus tard, ayant laissé le cocher à quelque distance plus bas, il frappait à la porte du jardin de M. Vandeleur.

Ce fut le dictateur en personne qui vint la lui ouvrir avec des précautions singulières.

— Qui êtes-vous ? demanda-t-il.

— Vous excuserez ma visite tardive, monsieur Vandeleur, répliqua le prince.

— Votre Altesse est toujours la bienvenue, riposta M. Vandeleur, en se reculant d'un pas.

Le prince mit à profit l'espace libre, et sans attendre son hôte marcha droit à la maison et ouvrit la porte du salon. Deux personnes s'y trouvaient assises : l'une était Mlle Vandeleur, dont les yeux portaient des traces de larmes et qu'un sanglot secouait encore par intervalles ; en l'autre, le prince reconnut le jeune homme qui l'avait consulté sur des sujets littéraires environ un mois plus tôt, dans un fumoir de club.

— Bonsoir, mademoiselle Vandeleur, dit Florizel ; vous avez l'air fatiguée. Monsieur Rolles, je pense ? J'espère que l'étude de Gaboriau vous a été profitable, monsieur Rolles.

Mais le jeune clergyman était de trop mauvaise humeur pour parler ; il se contenta de s'incliner avec raideur, sans cesser de mordiller ses lèvres.

— A quel bon vent, dit M. Vandeleur, rejoignant son hôte, à quel bon vent dois-je la visite dont m'honore Votre Altesse ?

— Je suis venu pour affaire, répliqua le prince ; pour affaire avec vous ; dès qu'elle sera réglée je prierai M. Rolles de venir faire un tour de promenade avec moi. Monsieur Rolles, ajouta-t-il avec sévérité, je vous ferai remarquer que je ne me suis pas encore assis.

Le clergyman se leva d'un bond en s'excusant ; là-dessus le prince prit un fauteuil auprès de la table, tendit son chapeau à M. Vandeleur, sa canne à M. Rolles, et les laissant debout à jouer avec lui ce rôle de domestique, il parla de la sorte :

— Je suis venu ici, comme je l'ai dit, pour affaire ; mais, y serais-je venu pour chercher de l'agrément, que je n'aurais pu être plus fâché de la réception ni plus mal satisfait de mes hôtes. Vous monsieur (il s'adressait à M. Rolles), vous avez traité votre supérieur d'une façon discourtoise ; vous, Vandeleur, vous me recevez avec un sourire, alors que vos mains ne sont pas encore lavées de votre forfait. Je ne veux pas qu'on m'interrompe, monsieur, ajouta-t-il impérieusement ; je suis ici pour parler, et non pour écouter ; et je vous prierai de m'entendre avec respect et d'obéir point par point. A la date la plus rapprochée possible votre fille épousera à l'ambassade mon ami Francis Scrymgeour, le fils reconnu de votre frère. Vous m'obligerez en constituant une dot de dix mille livres au moins. Pour vous-même, je vous ferai connaître par écrit la mission assez importante que je veux vous confier au Siam. Et maintenant, monsieur, vous allez me répondre en deux mots si oui ou non vous adhérez à ces conditions.

— Votre Altesse voudra bien m'excuser, dit

M. Vandeleur, et me permettre en tout respect, de lui poser deux questions ?

— La permission est accordée.

— Votre Altesse, reprit le dictateur, a appelé M. Scrymgeour son ami. Croyez-moi, si j'avais su que vous l'honoriez de ce titre, je l'aurais traité avec un respect approprié.

— Vous interrogez habilement, dit le prince, mais cela ne vous servira de rien. Vous connaissez mes ordres ; même si je n'avais jamais vu ce gentleman avant ce soir, ils n'en seraient pas moins absolus.

— Votre Altesse interprète mes paroles avec sa subtilité ordinaire, repartit Vandeleur. Je m'explique : j'ai, par malheur, mis la police sur la trace de M. Scrymgeour, sous l'inculpation de vol ; dois-je retirer ou suspendre ma plainte ?

— Vous ferez comme il vous plaira, répondit Florizel. La question ne regarde que votre conscience et les lois de ce pays. Donnez-moi mon chapeau ; et vous, monsieur Rolles, donnez-moi ma canne et suivez-moi. Mademoiselle Vandeleur, je vous souhaite le bonsoir. Je suppose (s'adressant à Vandeleur) que votre silence signifie un acquiescement sans réserve ?

— Si je ne puis faire autrement, repartit le vieillard, je me soumettrai ; mais je vous avertis franchement que ce ne sera pas sans lutte.

— Vous êtes vieux, dit le prince ; mais les années ne profitent pas aux méchants. Votre vieillesse est moins sage que la jeunesse d'autres. Ne m'irritez pas, ou sinon vous pourriez me trouver plus dur que vous ne l'imaginez. C'est la première fois que vous me rencontrez en colère sur votre route ; prenez garde que ce soit la dernière.

A ces mots, faisant signe au clergyman de le

suivre, Florizel quitta la pièce et dirigea ses pas vers la grille du jardin ; le dictateur le suivant avec un bougeoir, l'éclaira et, une fois de plus, défit les fermetures compliquées par lesquelles il cherchait à se préserver des intrus.

Arrivé sur le seuil, le prince se retourna et dit :

— Votre fille n'est plus là. Je puis donc vous avertir que je comprends vos menaces ; mais vous n'avez qu'à lever la main pour attirer sur vous une perte soudaine et irrémédiable.

Le dictateur ne répliqua point ; mais comme le prince tournait le dos à la lumière du réverbère, il lui adressa un geste plein de menace et de rage démente, et au bout d'une minute, contournant un coin de rue, il courait à toutes jambes vers la plus proche station de voitures.

(Ici, dit mon Arabe, *le fil des événements abandonne enfin la* Maison aux jalousies vertes. *Encore une aventure,* ajoute-t-il, *et vous en aurez terminé avec* le Diamant du Rajah. *Ce dernier anneau de la chaîne est connu des habitants de Bagdad sous le nom de* l'Aventure du prince Florizel et du détective.)

L'AVENTURE
DU PRINCE FLORIZEL
ET DU DÉTECTIVE

Le prince Florizel accompagna M. Rolles jusqu'à la porte du petit hôtel où logeait ce dernier. Ils parlèrent beaucoup ensemble, et le clergyman fut plus d'une fois ému jusqu'aux larmes par la sévérité mêlée de douceur des reproches du prince.

— J'ai fait le malheur de ma vie, dit-il enfin. Secourez-moi ; dites-moi ce que je dois faire. Je n'ai, hélas ! ni les vertus d'un pasteur ni l'habileté d'un bandit.

— A présent que vous voici humilié, dit le prince, je cesse d'ordonner ; c'est à Dieu que les pénitents ont affaire, et non aux princes. Mais si vous voulez que je vous conseille, allez-vous-en comme colon en Australie, cherchez un travail manuel à l'air libre, et tâchez d'oublier que vous ayez jamais été un clergyman, ou que vous ayez jamais jeté les yeux sur ce diamant maudit !

— Maudit, certes ! répliqua M. Rolles. Où est-il à cette heure ? Quel mal nouveau ne réserve-t-il pas à l'humanité ?

— Il a cessé de nuire, repartit le prince. Il est ici dans ma poche. Et ceci, ajouta-t-il doucement, vous montrera que je mets une certaine foi dans votre repentir, tout récent qu'il est.

— Permettez-moi de vous serrer la main, sollicita M. Rolles.

— Non, répondit le prince, pas encore.

Le ton sur lequel il prononça ces derniers mots fut éloquent aux oreilles du jeune clergyman ; et durant quelques minutes après que le prince se fut éloigné il resta sur le seuil à suivre des yeux sa silhouette décroissante et à invoquer la bénédiction du ciel sur un homme d'aussi excellent conseil.

Plusieurs heures le prince arpenta seul des rues peu fréquentées. Il avait l'esprit plein de souci ; que faire du diamant, le rendre à son propriétaire, qu'il jugeait indigne de posséder cette rareté, ou prendre une mesure radicale et héroïque et mettre une fois pour toutes l'objet hors d'atteinte de l'humanité, c'était là un problème trop grave pour le résoudre en un moment. La façon dont le joyau était venu entre ses mains apparaissait manifestement providentielle ; et quand il le tira de sa poche pour l'examiner sous les réverbères de la rue, sa grosseur et son éclat surprenant inclinèrent de plus en plus le prince à voir en lui un mal sans mélange et un danger pour le monde.

— Dieu me pardonne ! pensa-t-il ; si je le regarde encore, je commencerai moi-même à le désirer.

A la fin, toujours aussi plein d'incertitude, il tourna ses pas vers le petit mais élégant hôtel du bord du fleuve qui avait depuis des siècles appartenu à sa royale famille. Les armes de Bohême sont profondément sculptées sur la porte et les hautes cheminées ; aux regards des passants s'offre une cour verdoyante garnie des fleurs les plus précieuses, et une cigogne, la seule de Paris, perche sur le toit tout le long du jour et entretient un rassemblement devant la maison. On voit circuler à l'intérieur des valets majestueux, et de temps en temps la grand-porte roule sur ses gonds et un carrosse s'engouffre sous la voûte. Pour maintes causes cette résidence était particulièrement chère au prince Florizel ; il n'y revenait jamais sans éprouver cet agréable sentiment du retour chez soi si rare dans la vie des grands, et ce soir-là il aperçut le haut toit et les fenêtres paisiblement éclairées avec un soulagement et une satisfaction véritables.

Comme il approchait de la porte de derrière, par laquelle il entrait toujours lorsqu'il était seul, un homme sortit de l'ombre et avec un salut s'avança dans le chemin du prince, en demandant :

— C'est bien au prince Florizel de Bohême que j'ai l'honneur de m'adresser ?

— Tel est mon titre, répondit le prince. Que me voulez-vous ?

— Je suis, dit l'homme, un détective, chargé de transmettre à Votre Altesse ce billet du préfet de police.

Le prince prit la lettre et la parcourut à la lueur d'un réverbère. Le préfet s'excusait beaucoup, mais le priait de suivre le porteur à la préfecture sans délai.

— Bref, dit Florizel, je suis arrêté.

— Altesse, répliqua le fonctionnaire, rien, j'en suis sûr, n'est plus loin de l'intention du préfet. Vous remarquerez qu'il ne m'a pas donné de mandat d'arrêt. C'est une pure formalité, ou disons, si vous préférez, une obligation où Votre Altesse a mis les autorités.

— Pourtant, demanda le prince, si je refusais de vous suivre ?

— Je ne dissimulerai pas à Votre Altesse qu'on m'a donné des pouvoirs étendus, répondit le détective en saluant.

— Ma parole, s'écria Florizel, cette impudence

me stupéfie ! Vous, en tant que subordonné, je vous excuse ; mais vos supérieurs auront à se repentir de leur conduite. Quel est, le savez-vous, le motif de cet acte impolitique et inconstitutionnel ? Vous remarquerez que je n'ai encore ni refusé ni consenti, et beaucoup peut dépendre de la promptitude et de la franchise de votre réponse. Laissez-moi vous rappeler, inspecteur, que c'est ici une affaire assez grave.

— Altesse, dit humblement le détective, le général Vandeleur et son frère ont eu l'incroyable audace de vous accuser de vol. Le fameux diamant, déclarent-ils, est entre vos mains. Un mot de vous le niant satisfera très amplement le préfet ; même j'irai plus loin : si Votre Altesse voulait faire à un subalterne le grand honneur de me déclarer à moi qu'Elle ignore tout de l'affaire, je lui demanderais l'autorisation de me retirer sur-le-champ.

Jusqu'au dernier moment, Florizel avait considéré son aventure sous l'aspect d'une bagatelle, sérieuse seulement du point de vue international. Mais au nom de Vandeleur l'affreuse vérité lui apparut ; il était non seulement arrêté, mais coupable. Ce n'était pas seulement un incident ennuyeux, c'était un danger pour son honneur. qu'allait-il dire ? Qu'allait-il faire ? Le Diamant du Rajah était bien une pierre maudite : ne serait-il pas lui-même la dernière victime de son influence ?

Une chose était sûre. Il ne pouvait donner au détective l'assurance requise. Il lui fallait gagner du temps.

Son hésitation n'avait pas duré une seconde.

— Soit, dit-il, allons ensemble jusqu'à la préfecture.

L'homme s'inclina une fois de plus et se mit à suivre Florizel à distance respectueuse.

— Approchez, dit le prince, je suis d'humeur à causer et, si je ne me trompe, maintenant que je vous regarde mieux, ce n'est pas la première fois que nous nous rencontrons.

— Je m'estime honoré, répliqua le fonctionnaire, de ce que Votre Altesse se souvient de ma physionomie. Il y a huit ans que j'ai eu le plaisir de la rencontrer.

— Le souvenir des physionomies, reprit Florizel, fait aussi bien partie de mon métier que du vôtre. En somme, à bien y regarder, un prince et un détective servent dans la même phalange. Nous sommes, l'un et l'autre, chargés de combattre le crime ; à part que mon rang est plus lucratif et le vôtre plus dangereux ; mais en un sens, tous deux peuvent devenir également honorables pour un homme de bien. Je préférerais, aussi singulier que cela vous paraisse, être un détective courageux et doué, plutôt qu'un souverain faible et incapable.

L'inspecteur était confondu.

— Votre Altesse rend le bien pour le mal, dit-il. A un acte d'outrecuidance, elle répond par la plus aimable gracieuseté.

— Comment savez-vous, répliqua Florizel, si je ne suis pas en train de chercher à vous corrompre ?

— Le Ciel me préserve de la tentation ! s'écria l'autre.

— J'applaudis à votre réponse, repartit le prince. C'est celle d'un homme sage et honnête. Le monde est vaste et fourni de richesses et de beauté, et il n'y a pas de limite aux récompenses que l'on peut offrir. Tel qui refuserait un million en espèces vendra peut-être son honneur pour un empire ou pour l'amour d'une femme ; et moi qui vous parle, j'ai eu des occasions si tentantes, des invites si irrésistibles à la force de l'humaine vertu que j'ai été heureux de faire comme vous et de me recommander à la bonté de Dieu. C'est ainsi, grâce à cette modeste et louable habitude, que vous et moi nous pouvons arpenter ensemble cette ville avec des cœurs sans tache.

— J'ai toujours entendu dire que vous étiez brave, répliqua le fonctionnaire, mais je ne savais pas que vous étiez sage et pieux. Vous dites la vérité, et vous la dites avec un accent qui m'émeut jusqu'au cœur. Ce monde est, en effet, un lieu d'épreuve.

— Nous voici maintenant au milieu du pont, dit Florizel. Accoudez-vous au parapet et regardez par-dessus. De même que l'eau coule là, en bas, de même les passions et les complications de la vie emportent l'honnêteté des faibles. Laissez-moi vous conter une histoire.

— Je suis aux ordres de Votre Altesse, répondit l'homme.

Et, imitant le prince, il s'accouda au parapet et se disposa à écouter. La ville était déjà endormie ; sans la multitude de lumières et la silhouette des bâtiments sur le ciel étoilé, ils auraient pu se croire seuls au bord d'une rivière campagnarde.

— Un officier, commença le prince Florizel, un homme de courage et de valeur, qui déjà s'était élevé par son mérite à un rang éminent et acquis non seulement l'admiration, mais le respect, visita, en une heure malheureuse pour sa paix d'esprit, les collections d'un prince hindou. Il y vit un diamant si extraordinaire par la dimension et la beauté qu'à partir de cet instant il n'y eut plus qu'un désir dans sa vie : honneur, réputation, amitié, amour de la patrie, il était prêt à tout sacrifier pour ce bloc de cristal étincelant. Trois ans il servit ce potentat semi-barbare comme Jacob servit Laban ; il falsifia des frontières, il fut complice de meurtres, il condamna injustement et fit exécuter un officier, son collègue, qui avait eu le malheur de déplaire au rajah par quelques honnêtes libertés : enfin, à l'heure d'un grand danger pour son pays natal, il trahit un corps de soldats, ses frères d'armes, et les laissa battre et massacrer par milliers. A la fin, il avait amassé une fortune splendide et la ramena au pays avec le diamant convoité.

« Les années passent, continua le prince, et, un beau jour, le diamant se perd au hasard. Il tombe entre les mains d'un probe et laborieux jeune homme, un étudiant, un ministre de Dieu, qui entrait alors dans une carrière utile et même distinguée. Sur lui aussi le maléfice opère ; il déserte tout, sa vocation sacrée, ses études, et fuit avec la gemme en pays étranger. L'officier a un frère, homme rusé, audacieux, sans scrupules, qui apprend le secret du clergyman. Que fait-il ? Avertir son frère... informer la police ? Non, sur cet homme, également, le charme satanique opère; il lui faut avoir la pierre pour lui-même. Au risque de le tuer, il drogue le jeune pasteur et s'empare de sa proie. Et maintenant, par un hasard qui n'importe pas à la morale de mon histoire, le joyau passe de ses mains dans celles d'un autre, lequel, terrifié à la vue du diamant, le confie à un homme de haute condition et au-dessus de tout reproche.

« L'officier se nomme Thomas Vandeleur, continua le prince. La pierre s'appelle le Diamant du Rajah. Et (tout à coup ouvrant la main) vous l'avez sous vos yeux.

Le détective recula en poussant un cri.

— Nous avons parlé de corruption, dit le prince. Pour moi, cette pépite de clair cristal est aussi répugnante que si elle grouillait des vers du tombeau;

elle est aussi scandaleuse que si elle était composée de sang innocent. Je la vois ici dans ma main, et je sais qu'elle brille du feu de l'enfer. Je ne vous ai dit que la centième partie de son histoire; ce qui se passa aux temps anciens, à quels crimes et trahisons elle incita les hommes de jadis, l'imagination n'ose le concevoir; pendant des années et des années, elle a fidèlement servi les puissances de l'enfer; assez, dis-je, de sang, assez de malheur, assez de vies et d'amitiés brisées : toutes choses viennent à leur fin, le mal comme le bien, la pestilence comme la belle musique, et quant à ce diamant, que Dieu me pardonne si je fais mal, mais son empire prend fin cette nuit.

Le prince fit un brusque geste de la main, et le joyau, décrivant une parabole de lumière, plongea dans le courant du fleuve avec un éclaboussement.

— Amen ! dit Florizel avec gravité. J'ai tué un basilic.

— Dieu me pardonne ! s'écria le détective. Qu'avez-vous fait ? C'est ma ruine !

— Je pense, répliqua le prince avec un sourire, que beaucoup de gens à leur aise dans cette ville pourraient envier votre ruine.

— Hélas ! dit le fonctionnaire, Votre Altesse m'a corrompu, finalement.

— C'était sans doute inévitable, répliqua Florizel. Et maintenant, allons-nous-en à la préfecture.

Peu de temps après, on célébra en stricte intimité le mariage de Francis Scrymgeour et de Mlle Vandeleur, et le prince fut, en cette occasion, témoin du marié. Les deux Vandeleur eurent vent de ce qui était arrivé au diamant, et les recherches de leurs scaphandriers dans la Seine font l'étonnement et la joie des badauds. Il est vrai que, par erreur, ils ont choisi la mauvaise branche du fleuve. Quant au prince, ce sublime personnage, ayant maintenant joué son rôle, il peut aller, avec l'auteur arabe, faire la cabriole dans l'espace. Mais si le lecteur tient à avoir des renseignements plus précis, je suis heureux de dire qu'une récente révolution a renversé notre potentat du trône de Bohême, par suite de son absence continuelle et de son édifiante négligence des affaires publiques; et Son Altesse tient maintenant, dans Rupert Street, un magasin de cigares très fréquenté par d'autres réfugiés étrangers. J'y vais de temps en temps fumer et bavarder un peu, et je retrouve le prince aussi grand qu'à l'époque de sa prospérité ; il a, derrière son comptoir, un air olympien ; et malgré la vie sédentaire qui commence à lui arrondir la ceinture, il est probablement, tout compte fait, le débitant de tabac le plus distingué de tout Londres.

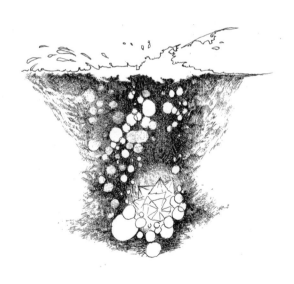

TABLE

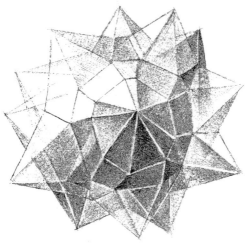

Achevé d'imprimer
le 26 avril 1982
sur les presses de
l'Imprimerie Hérissey
à Évreux (Eure)

N° d'imprimeur : 29919
Dépôt légal : avril 1982
Imprimé en France